[redacted]

ISBN 3 85326 606 1
Gesamtgestaltung Reinhard Tötschinger
Herstellung Josef L. Schalk

Druck- und Verlagsgesellschaft mbH, A-3100 St. Pölten,
Gutenbergstraße 12

Albert Paris Gütersloh

Briefe an Milena (1932–1970)

Herausgegeben von
Reinhard Tötschinger

Essay von
Wolfgang Hutter

Niederösterreichisches Pressehaus

Mein lieber Freund,

Du bist ein begeisterter Anhänger der Erfindung des Telefons, ich bin ein eingeschworener Feind dieses technischen Wunders.

In unserem letzten Gespräch hattest Du eine Art von Kränkung zeigen lassen, aus der ich entnehmen konnte, ich war am Apparat nicht verständig und von einer gewissen Unliebenswürdigkeit.

Dieses tut mir leid, und ich möchte mich für jenes Mißverständnis entschuldigen.

Darf ich jene Situation zu einer Klärung bringen?

Noch gibt es Menschen um uns, ich möchte mich dazu zählen, welche in einem Raum leben, atmen und arbeiten und vielleicht auch dabei denken.

Nehmen wir nun an, Du bist gerade dabei, den Gedanken an den depressiven gespielten Selbstmord zu überlegen, oder den, ebenso gespielten, an eine noch zu verführende Dame Dir in allen Details vorzustellen. Du bist also an einem Höhepunkt, egal ob es der niedrige oder der hohe ist, angelangt. Deine Phantasie erhebt Dich über Deinen eigenen Montblanc, Du hast einen Moment, in dem Du größer bist, als Du geglaubt hattest sein zu können, Kraft durchströmt Dich, schön glaubst Du zu sein, stolz bist Du, weil des Rätsels Lösung liegt zum Fassen klar vor Dir auf dem Tisch. Du bist Dein

Kaiser und zur gleichen Zeit Dein glücklicher Untertan. Endlich, Du hast schon Wochen darauf gewartet – befindet sich Dein Selbstbewußtsein in einer ausgeglichenen Lage. Deine Hände sind trocken, Dein Puls hervorragend ruhig, Du glaubst, daß irgendein Schöpfer Dich zu Recht in diese Welt gesetzt hat.

Ein grauenvolles Schrillen läßt Dir den Angstschweiß aus den Poren schießen, Deine Knie werden weich, die Gedanken sind fort, das Glück im Papierkorb, Dein Selbstbewußtsein jenes eines Schülers, der keine Vokabeln gelernt hat, und Dein Höhenflug, der Dich über traumhafte Gipfeln fliegen ließ, landet mit einem grauenvollen Schmerz in der tiefsten Tiefebene, welche sich ein Lineal ausdenken kann.

Ein Glockenzeichen hat die mögliche Erkenntnis für immer in jenes Dunkel zurückverwiesen, in dem wir uns meistens befinden. Ein werdender Gott wurde durch die Elektronik zum simplen Einwohner seiner selbst degradiert.

Ich gebe zu, ich war unfreundlich.

Wolltest Du mir wirklich etwas Wichtiges sagen? Ich glaube nein. Du warst ungeduldig und nicht ganz überzeugt, ob dieses, welches Du mir mitteilen wolltest, jene Wichtigkeit hat, mich aus diesen Träumen in Deine banale Wirklichkeit zurückzuholen.

Hattest Du irgendwann an die Möglichkeit gedacht, einen Brief zu schreiben?

Lasse uns doch einmal die vielen Reize und Möglichkeiten eines Briefes überlegen.

Es beginnt doch bereits bei seinem Umschlag,

die Anrede: ob förmlich oder vertraut, man beginnt den Inhalt zu erahnen. Die Marke und der Stempel signalisieren bereits Aufgabeort und Zeit. Man kann sich auf den Inhalt vorbereiten. Hier gibt es die Möglichkeit, Schutzwälle aufzubauen gegen einen möglichen feindlichen Inhalt. Oder für einen erhofften positiven Inhalt Herz und Verstand weit zu öffnen. Bemerkst Du den Unterschied zwischen einem Briefumschlag und dem Läuten des Telefons? Welch ein menschlicher und höflicher Unterschied!

Bei dem ersten Vergleich ein gezücktes Bajonett gegen deine Seele, im zweiten Fall respektvolle Distanz und die Freiheit, die Mitteilung nicht gleich und sofort zur Kenntnis zu nehmen, oder je nach Laune – in fünf Minuten oder vielleicht erst am Abend.

Ich könnte Dir hier noch viele Zeilen schreiben, über das Ritual des Öffnens eines Kuverts.

Wird es hastig gerissen, oder hat man ein sogenanntes „Federmesser“ zur Hand und schlitzt es auf, als wäre der Umschlag ein zartes bräunlich-rosarotes Filet?

Die Möglichkeiten des Öffnens sind äußerst verschieden und einfallsreich anzuwenden. Man ist als freier Mensch eben frei, diese Nachricht nach eigenen Genüssen so zuzubereiten, daß man nicht in den Zwang des Müssens kommt.

Nach diesem Abschnitt kommen wir zum Höhepunkt, zu der sich in einem Brief manifestierenden Person, zur Handschrift.

(Ich muß hier eine kleine Unterbrechung machen, ich spreche nur und denke nur an den handgeschriebenen Brief, nicht an den mit der Maschine geschriebenen, der maschinelle nähert sich durch das Unpersönliche der Buchstaben der auch nicht ganz echten Stimme am Telefon.)

Die Handschrift – ist sie doch ähnlich der in der Kriminalistik verwendeten Technik, durch Fingerabdrücke den Beweis des Einmaligen zu erbringen. Kein zweites Mal wiederholt sich in diesen Bildern etwas. Wie kann man nur auf einen so nahen Kontakt verzichten.

Warum ist es so selten geworden, Mitteilungen, Bekenntnisse, Erklärungen in dieser so einmaligen humanen Art auszutauschen. Welche herrliche Möglichkeit bietet doch der Brief – Du kannst ihn immer wieder neu lesen, nichts geht Dir verloren – immerwährend kann man sein Gedächtnis kontrollieren oder auffrischen. Eine Vorratskammer der Liebe oder der Abneigung.

Ein Stoß gesammelter Briefe, welch kostbarer Schatz ist so ein Besitz. Probieren wir doch einmal das Briefschreiben.

Als Beweis dieser Überlegungen sollten die kommenden Seiten zu lesen sein. Es sind Briefe meines Vaters an seine ewige Geliebte, Frau, Muse und Gefährtin. Wie traurig wäre es doch, jene Zeilen wären nicht geschrieben, sondern vertelefoniert worden.

Mit diesem Brief meine Freundesgrüße, und schreibe mir einmal.

Wolfgang als Freund
Hutter als Maler

Curriculum vitae

Ich wurde am 5. Februar 1887 zu Wien als Sohn Wiener Bürger geboren. Ich besuchte daselbst die Volksschule, hernach bei den Benediktinern zu Melk und bei den Franziskanern zu Bozen das Gymnasium. Dem exakten Kursus folgten einige, sowohl im wörtlichen wie im übertragenen Sinne, wirre Wanderjahre, die ich auf kleineren und kleinsten Theatern zubrachte, wohl bitter fühlend ihren Charakter als Provisorium, aber unfähig noch zu erkunden, in welch ein Definitives sie und wann übergehen würden. Ich schrieb und zeichnete, ohne Absicht der Kunst, setzte Stücke in Szene und entwarf die gehörenden Dekorationen, mit den bescheidenen Mitteln einer so jugendlichen Person und unter der Armut der provinziellen Umstände. Die Fügung musste eingreifen, einen der Ebene nach durchaus vorauszuberechnenden Ablauf, ferne von den späteren und heutigen Zielen, gewissermassen in der Verlorenheit des nicht Unbedingten, also des nicht Dezidierten, auf jene Ziele endlich auszurichten. 1907 etwa hatte ich das Glück, Gustav Klimt kennen zu lernen, der mich sogleich, ich möchte sagen auf mein mir selbst noch unbekanntes Gesicht hin, in die geringe Zahl seiner Freunde oder Schüler aufnahm. Ich begann nun ernsthaft zu malen. Gleich die erste Ausstellung meiner Arbeiten in der Galerie Pisko brachte mir den Reininghauspreis. Es folgte 1909, über Klimts

Empfehlung, ein Engagement als Bühnenbildner bei Max Reinhardt am Deutschen Theater in Berlin. Dieses Jahr ist für mich und in einem gewissen Sinne auch für die deutsche Literatur von entscheidender Bedeutung geworden: damals nämlich habe ich in wenigen gesichteerfüllten Monaten mein erstes Buch „Die tanzende Törin" geschrieben, jenes Werk, das Franz Blei in der Festrede zu meinem 50. Geburtstag eine der wenigen Inkunabeln des expressionistischen Stiles in Deutschland genannt hat. (Abgedruckt in Franz Bleis „Zeitgenossen", erschienen bei de Lange, Amsterdam 1940.) Dieses Buch hat, wie man zu sagen pflegt, Schule gemacht, jene Schule, in der bedeutende, nach mir gekommene Autoren erfolgreich und dankbar gesessen sind. In die selbe Zeit fiel auch meine Aufnahme als Sozietär in den Pariser „salon d'automne". 14 dort ausgestellte Bilder verschafften mir diese für einen Ausländer und Unbekannten aussergewöhnliche Ehrung. Zwei Jahre später ging ich dann selbst nach Paris, wo ich, studierend und arbeitend, bis 1913 verblieb. Diesem längeren Aufenthalte, sowie vielen späteren kürzeren Besuchen der für den Maler so lehrreichen Stadt verdanke ich die entscheidendsten Anregungen in meiner Kunst. Es kam der August 1914.

Nach dem Krieg übersiedelte ich von Wien, wo sich mir kein breiteres Wirkungsfeld zeigen wollte, – ich hatte allerdings 1918 mit viel Erfolg am Burgtheater ein Stück von Tolstoi und ein Stück von Molière ausgestattet – nach München, woselbst ich, noch einmal meiner alten Liebe zum Theater folgend, als erster Spielleiter und zugleich Bühnenbildner in den Verband des von der grossen Tragödin Hermine Körner geleiteten Schauspielhauses in der Maximilianstrasse trat. In die selbe Zeit fällt das Erscheinen meiner vier nächsten Bücher, zweicr Romane, einer Erzählung und einer philosophisch-historischen Schrift im Verlag Jakob Hegner, Hellerau. Für eines dieser Bücher, den Roman „Innozenz", erhielt ich im Jahre 1923 den deutschen Theodor-Fontane-Preis. Das nämliche Jahr sah mich in Rom, wo ich mein mir selbst und der kleinen Gemeinde, die sich inzwischen gebildet hatte, wichtigstes Buch schrieb: „Die grosse und kleine Geschichte", eine Art Autobiographie – quasi un' allegoria, – wie der Untertitel sagt – das im Verlage Zahn und Diamant erschienen ist. Von Rom kehrte ich für mehrere Jahre nach Wien zurück. Hier nun widmete ich mich ausschliesslich der Malerei, vor allem der von mir so sehr geliebten Kunst des Gobelins. Ich hatte das Glück, sowohl vom Staate wie auch von der Gemeinde Wien mit bedeutenden Aufträgen bedacht zu werden. Dementsprechend befinden sich auch fast alle Werke dieser Art entweder in Staats- oder Gemeindebesitz, soferne sie nämlich ihre Verfemung durch das Dritte Reich überstanden haben sollten und somit das Licht des heutigen Tages wieder erblicken können. Ich nenne: das Triptychon „Himmlische und irdische Liebe", geschaffen für die exposition des arts decoratifs, Paris 1925, für welches ich den grand prix erhielt, den „Südlichen Hafen", den Dollfuss-Seipel-Gobelin, den sogenannten Gemeindegobelin mit der Aufschrift „Opera pacis belli nostri instrumenta", den Gobelin „Romantik" und den Schönbrunner Gobelin, wiederum für Paris geschaffen, der mir 1938 abermals den grand prix brachte. 1926 erhielt ich übrigens zum ersten Mal den österreichischen Staatspreis. 1928 übersiedelte ich nach Cagnes sur mer in Südfrankreich, wo die für mein Malen bisher fruchtbarste, zwei Jahre dauernde Epoche begann. Zahlreiche Landschaften und Stilleben, alle in Privatbesitz, entstanden da in der bezaubernden Landschaft des Renoir und des Matisse, in dem gesegneten Gärtnerlande der cote d'azur. Dort traf mich die Berufung an die Kunstgewerbeschule in Wien, deren Lehrkörper ich von 1930 bis 1938 angehörte. Ich leitete an dieser Schule zuerst die Klasse „Studium der menschlichen Gestalt", dann die Klasse „Kirchliche Kunst". Nebenbei, aber nur kurze Zeit, hielt ich an der selben Anstalt Vorträge zur Geschichte der kunstgewerblichen Techniken. Außer zahlreichen Werken der reinen Malerei schuf ich während dieser Zeit Mosaiken und Glasfenster für die Pfarrkirche in Mauer, für die Kirche der Siedlung Sandleiten, drei grosse Panneaus für die Ausstellung des Kunsthandwerks im österreichischen Museum für Kunst und Industrie, und grosse Figurenbilder für einen Festsaal. Während dieser Zeit erhielt ich zum zweiten Mal den österreichischen Staatspreis und zwar für eine Kollektive meiner Bilder in der Secession. Ich erwähne noch, dass sich Werke meiner Hand in der österreichischen Staatsgalerie, in Sammlungen zu Paris, Stockholm, Berlin, Buenos Aires befinden. Noch 1938 konnte eine

Ausstellung meiner Arbeiten in The Artists Gallery in New York stattfinden. Am Tage des Einmarsches der deutschen Truppen in Wien wurde ich vom Amte eines Professors an der Kunstgewerbeschule in Wien suspendiert, im April des selben Jahres vom Ministerium für Wirtschaft und Arbeit aufgefordert, um meine Versetzung in den dauernden Ruhestand anzusuchen und mit 30. Juni 1938 pensioniert. Selbstverständlich ermangelte einige Zeit später das Präsidium der Reichskulturkammer in Berlin nicht, das Berufsverbot über mich auszusprechen. Es begann eine Zeit der bittersten Armut und der unausgesetzten Belästigung durch Organe der Staatspolizei. August 1942 wurde ich von der Geheimen Staatspolizei in Wien verhaftet und unter Androhung des Straflagers und sonstiger strenger staatspolizeilicher Strafen zur sofortigen Aufnahme irgend einer von mir selbst zu suchenden Tätigkeit innerhalb der Rüstungsindustrie verhalten. Ab August 1942 bis 30. April 1945 war ich als Bureauangestellter in verschiedenen Betrieben der Rüstungsindustrie tätig. Der Maler und Schriftsteller war ausgelöscht.

Wien, am 11. Juni 1945.

Albert P. Gütersloh

18. Dez. 31

Ich habe gestern M . . . in der Schule erwartet und bin draußen im Stiegenhaus gestanden, sie so früh als möglich zu erblicken. Ich hatte sie vergeblich erwartet. Mir war unsäglich elend im Gemüte, denn ich halte ja nur mit übermenschlichen Kräften und nur von diesen seltenen, kurzen, und schließlich bitteren, weil unbefriedigenden, Begegnungen zehrend, die mir innewohnende Einsamkeit ab, sich ganz auszubreiten. Ich brauche sie, ich lebe durch sie, sie hat mich zu meiner heutigen Person gemacht, ich spüre jedes Zittern, das ihren Leib überläuft, denn es ist ja mein Leib, von ihrem Fleische, wie der ihre von dem meinen: als wir einander liebten, da auch hat sie mich geboren. Sie erfährt es aus diesen Blättern. Es ist so Viel zwischen uns, wahrscheinlich Unüberwindliches, durch ihren so bewunderungswürdigen Charakter und durch meine Schuld. Aber – so frage ich noch einmal wie ein achtzehnjähriger – ist die leibliche und dauernde Vereinigung der einzige Beweis der innigsten Vereinigung? Ist der jetzige beatus possidens um so viel glücklicher, als ich, ist sie glücklicher durch ihn? Und würden wir glücklich sein, miteinander? Wir werden es vielleicht noch erfahren.

15. Mai 32
1/2 1 Uhr nachts

Ma tigrette, meine Antilope, meine Anemone,

zum Frühstück soll man Dir diesen Brief servieren. Wenn Du Deine schönen, rätselvollen Augen aufschlägst, sollen sie auf diese Zeilen fallen, welche die Morgenröte an Dich schreibt. Eigentlich ist es die Nacht. Denn es ist zwölf Uhr und ich habe Dich vor etwa einer Stunde verlassen. Ich habe Dich in Deinem Hausflur entschwinden sehn, wie etwas, das für immer entschwindet. Für immer – und wenn es auch nur für zwölf Stunden ist. Die Ewigkeit einer Liebe bedingt, daß sie das Zeitliche sehr scharf akzentuiere. So oft ich von Dir gehe, ist das eine Art Tod. Ich werde einmal sehr leicht sterben, weil ich sehr viel gestorben bin. Nun wirst Du aufstehn und Dich ankleiden und nach einer Wiese streben, die Du so oft in Deinem Geiste gesehen hast als Deinen Ruheplatz. Wenn Dich Bienen, Mücken oder Hummeln umschweben, so bin ich in ihnen, in ihrem tiefen Chorgesang, der Dir bis zu Deinen schönen Knien reicht, welche sie so hoch umsummen, wie der Orgelton die Säulen des Doms. Wenn Du die Wiese durchschreitest, die Dir über die zarten Knöchel geht, so watest Du in meiner Liebe. Wenn ich die Luft bin, die Dich umgibt, so küsse ich immerwährend Deine Lippen. Die Berge küssen Deine schöne, gedankenvolle Stirne, das Blau des Himmels küßt Dein Haar, Dein leidenschaftliches Haar.

Sei glücklich! Wenn ich ein kleiner Teil Deines Glückes sein kann, so bin ich selig! Ma tigrette, mein gleich gestreiftes Raubtierwesen, meine schöne geliebte Ragusanerin mit den harten, apodiktischen Lauten der Absätze Deiner zarten Schuhe auf dem italienischen Pflaster unserer gemeinsamen Heimat in der Sonne (dahin wir sobald als möglich wollen): guten Morgen. Hunderttausend Küsse über Dich überall hin wie ein Platzregen in der Sahara!

Dein

Albert

Sonntag
8^h abends

Liebste Milena

seit gestern leide ich unsäglich unter Deiner Entfernung. Dieses tiefe Loch in der Zeit, welches Du läßt, ist zu groß um es zu überspringen. Deine Nähe ist zu einzig, zu beseligend, um durch irgend etwas ersetzt werden zu können. Ich zähle die Tage, es sind nur noch vier, aber sie scheinen mir eine Ewigkeit! – Anbei sende ich Dir die heute erschienene Geschichte, welche ich in meiner letzten Vorlesung gelesen habe. Hoffentlich gefällt sie Dir ein wenig. Ich wäre glücklich darüber. – Das Gefühl, daß die Menschen mich fürchten und mich deswegen bekämpfen, wächst rapid, und damit wächst wie ein Sandsturm in der Wüste, die Einsamkeit um mich. Die Quellen ziehen sich zurück, der Oasengürtel verschwindet unter den Horizonten und der eilendste Schritt kann die bewohnten Gegenden nicht mehr einholen. Du bist der Stern meines Wegs, aber vielleicht der, den man nie erreicht. Dieses ohne Dich sein ist fürchterlich. Das Telefon ist sinnlos und die Post nur ein kleiner Ersatz. Dennoch schreibe bitte sofort. Ich sende Dir morgen noch ein Wort, mehr zu meinem Troste als zu Deinem, da Du seiner, inmitten Deiner Kinder und immerhin des Gottesfrieden der Natur nicht so sehr bedarfst wie ich. Ich küsse Dich, Deine Hände, Deine Füße.

Albert

Dienstag 14. Juni 32
1/2 12^h nachts

Mein Liebstes, meine Milena

An der äußersten Grenze des Trübsinns, weil ich von Dir ohne ein Wort war, erwartete ich heute gegen Abend in der unerträglichen Einsamkeit meines Ateliers eine Nachricht von Dir und endlich radelte langsam unten ein Postbote vorbei oder herbei und ich wußte es gleich: er kommt zu mir. Und wenige Minuten später sah ich Deine geliebte Schrift, las sie und küßte sie und alle Kräfte kehrten wieder in mich ein: Ich hätte sonst – was ich zu tun hatte, – nicht machen können, nämlich den Prolog zum Goethestück, dessen erste Verse ich Gottsei Dank nun vor mir liegen habe und gut finde. Und nur durch Dich! An welch' einem Haar hängt das! An einem Frauenhaar! Nun bin ich glücklich, zu wissen, wie sehr Du mein Leben und Wirken regelst und beschützt! Wie sehr ich im Wesentlichen von Dir abhänge und an Dir hänge! Wie sehr Du mich förderst! Es ist ja nur ein Kleines, daß meine paar Worte über die Bühne dieses Theaters gehen werden. Aber – das ganze Stück folgt dann wol leicht nach. – Selbstverständlich erwarte ich Dich Donnerstag Abend am Bahnhof. Wie könnte ichs anders? Und Freitag gehn wir zur Generalprobe. 3 Plätze für die Premiere sind bereits sichergestellt. Wie freu ich mich auf Dich, mein M.G.!! In ganz großer Sehnsucht

Dein

Albert

Sonntag [22. 6. 32]
12^h nachts

Liebste Milena

ich bin in die Stadt gefahren, den Brief an Dich aufzugeben, ich bin beim Doktor gesessen, dann durch den nächtlichen Stadtpark gegangen – unsere Schwäne waren fort, irgendwo im Dunkel, hier und dort lagen wie in einer zu kurzen Badewanne Liebende auf einer Bank – dann vor Deinem Haus gestanden; nur oben bei meiner Feindin Baudisch war noch ein halbes Licht. Ich blickte lange Dein Haustor an und sah Dich (im Geiste) verschwinden, so geschwind wie immer, so schön und eilends wie eine Schlange hinangsteuert im Wasser. Du bist wie ein freies göttliches Geschöpf, durch nichts zu binden. Neben Dir bin ich ein plumper Bär. Ich hoffe, daß dieses Leben nicht lange dauert, oder wenn es dauert, daß es dann auf dem letzten Bette doch ist wie ein kurzer Traum. So wird man den Schmerz überwinden. Wer wie ich am wesentlichen vorbeigegangen ist und am rechten Augenblick, der hat zu leiden, mit Recht. Darum zieht es mich so magisch zu Deinem Haus und auf alle unsere gemeinsamen Wege. Es ist die späte Einsicht.

Ich umarme Dich, mein Liebstes.

Albert

12 Uhr Samstag
Mittag
in der
Schule
auf dem Stuhle, wo
Du gestern wartetest.

Meine liebste, liebste Milena

vorläufig ist es unfaßbar, daß Du fortgefahren bist. Ich fühle es, wie der Schmerz nur wartet, um voll auszubrechen so gegen fünf Uhr und daß dies nun durch Wochen so sein soll. Ein wenig besser kann es nur werden, wenn das erste Lebenszeichen von Dir eintrifft und ich auch weiß, wohin ich Dir schreiben darf. Ich habe mich so gefreut, daß Du mich noch angerufen hast und daß Du gestern gesund geworden bist. Nur werde nicht mehr krank, sieh recht auf Dich, daß Dir nichts geschieht. Ich bete täglich für Dich und nicht nur einmal. Du mein gutes, schönes und mutiges Milenchen! Daß Du zur Vorlesung doch gekommen bist, werde ich nie vergessen. Und wie schön war es durch Dich und durch Deine Zustimmung, die mich über alle Zweifel und Depressionen halten wird. So arbeite ich doppelt fleißig fort für Dich und für uns und denke immer an Dich und zähle die Tage. Ich umarme Dich ganz fest und innig und voll Sehnsucht und küsse Dich. Gott schütze Dich, mein Liebstes

Dein

Albert

Montag [27. 6. 32]

Liebste und schönste Milena

nur ein paar Worte schnell, weil Du morgen nicht mehr allein bist. Erstens, daß ich Dich liebe, zweitens, daß ich in Gedanken mehr als je bei Dir bin, drittens daß ich mich so sehr nach Dir sehne und wie Du mich ganz verlassen fühle. Die Welt ist zwar nah aber zugleich so fern u. stumm wie die Goldfische hinter ihrem dicken Glase. Still wie auf dem großen Ozean ein Schiff teile ich die Flut des Lebens und in der ewgen Richtung nach Dir. Viertens bin ich einer herrlichen Wohnung auf den Fersen in einem von Fischer von Erlach draußen in Döbling erbauten Palais mit Garten und Badezimmer. Es ist gar nicht so unwahrscheinlich, daß ich sie bekomme. Leer steht sie. Nur soll das Haus verkauft werden. In wenigen Wochen ist es entschieden, vielleicht bälder. Jetzt gib, oh Gott, nur noch mehr Geld! Mein Liebstes, mein Geliebtestes! Wie lange dauert diese Woche! Wäre es nur schon Freitag. Rufe sofort frühmorgens an oder noch Donnerstag Abends, wenn Du schon da sein solltest. Hoffe, sei stark, klug und glaube an mich. Innigst und überhaupt

ganz und gar verliebt
und der Deine

Albert

7. Juli 32

Meine geliebte Milena

ich muß Dir nur rasch in ein paar Zeilen sagen, wie unendlich es mich gefreut hat, daß Du frei sein wirst. Daß unsere Sache gut steht. So ist doch mein tägliches Gebet erhört worden. Und Du, mein tapferes Mädchen, meine liebste Milena, was mußt Du, ohne daß Du davon redest, gekämpft haben! Ich bin so glücklich durch Dich! Ich möchte schon bald bei Dir sein, ich sehne mich so sehr nach Dir. Ich liebe Dich. Ich küsse Dich. Ich umarme Dich.

Dein

Albert

Morgen schreibe ich mehr.

Kartenbrief

20 Groschen Österreich

An Herrn

Frau

Milena Hutter

per Adresse: Frau Frieda Jung=Nuska

in Salzburg

Hotel Europe

Salzburg

Absender:

14. Juli 32

Meine geliebte Milena

ich bin heute ohne Nachricht von Dir und ich hätte eine solche so notwendig gebraucht, nach Deinem traurigen letzten Brief. Du weißt mich in Salzburg fern und ich will Dir für Dich meine alles Liebe sagen. Auch dies: daß nichts mich von Dir trennen kann und wenn es noch Jahre dauert oder wie lange dauert, bis wir einander offen gehören können. Wenn Du das Opfer Deines Lebens bringen mußt — weil unbegreifliche Härte und der tote Buchstabe des Gesetzes es nicht anders zulassen und das Wohl Deiner Kinder es verlangt — so will ich es auch bringen und weiter so leben wie bisher und lieber die Qual der Sehnsucht erdulden und nur selten das Glück haben mit Dir zu sein, als gar nicht. Mein Leben gehört Dir und soll sich Dir ganz unterordnen. Nur Dein Wohl ist mir wichtig. Vor Gott gehören wir doch zusammen. Und so wird es sein bis zum Tod. Ich liebe Dich so sehr Milena

Dein Albert

(am linken Rand:) Schreib doch bald u. ausführlich

14. Juli 32

Meine geliebte Milena

ich bin heute ohne Nachricht von Dir und
ich hätte eine solche notwendig gebraucht,
nach Deinem traurigen letzten Brief. Du wirst
nun in Salzburg sein und ich will Dir für dort
nur alles Liebe sagen. Auch dies: daß nichts
mich von Dir trennen kann und wenn es noch
Jahre dauert oder nie dazukom̄t, daß wir
einander offen gehören können. Wenn Du das
Opfer Deines Lebens bringen mußt – weil
unbegreifliche Härte und der tote Buchstabe
des Gesetzes es nicht anders zulassen und das
Wol Deiner Kinder es verlangt – so will ich es
auch bringen und weiter so leben wie bisher
und lieber die Qual der Sehnsucht leiden und
nur selten das Glück haben, mit Dir zu sein,
als gar nicht. Mein Leben gehört Dir und soll sich
dem Deinen unterordnen. Nur Dein Wol ist
mir wichtig. Vor Gott gehören wir doch
zusammen. Und so wird es sein bis zum Tod.
Ich liebe Dich so sehr Milena

Dein

Albert

Schreib doch bald u. Besseres

An M . . .

Du lobst den Gott auf Deine Weise:
Du lebst! Du bist vollkommen Du!
Wie er Dich warf, ringst Du die Kreise.
Kein andrer Stein fiel da dazu.

15. July [1934]
XIX Saarplatz 18

Liebste Milena

wenn es noch einer Bestätigung bedurft
hätte, daß mein Leben an das Deine gefesselt,
ja gekreuzigt ist, so hat diese eine Woche, diese
erste einer Trennung nach langer Zeit, sie
erbracht. Jetzt erst kann ich ermessen, was Du
damals gelitten haben mußt, als ich den
größten Unsinn meines Lebens gemacht habe.
Und jetzt erst begreife ich die unermeßliche
Liebe, die Du äußerlich so hartes Wesen, fähig
bist zu empfinden, daß Du diese Untat, wenn
auch nicht vergessen, so doch verzeihen
konntest. Du hast Dir allerdings dadurch in
mir einen Menschen geschaffen, der Dich nie
mehr verlassen wird. Glaube mir, Milena, von
allen Deinen Gaben, die Dir Gott verliehen
hat, ist die Größe Deines Herzens die größte.
Und das – ich meine diese einmal
zuwegegebrachte Verzeihung – hat Dir jenen
Vorsprung gegeben, den ich mit all meinen
Gaben nie mehr einholen kann, hat Dir jene
Freiheit, zu handeln verliehen, wie Du es für
recht findest, gegen die ich mit all meiner Liebe
nicht aufkomme. Du weißt, wie ichs meine. Ich
gehe täglich zur selben Stunde wie damals den
schönen Feldweg, wo Du mir gesagt hast – es
war gerade gestern vor acht Tagen – daß Du
keinen Wunsch mehr an das äußere Leben
hast. Daß Du alles hast, was Du liebst, daß
Du auch den Geliebten gefunden hast, und so
wird es bleiben. Und daß es nur noch den

Weg nach Innen gibt. Diese Deine Worte sind mir was dem Mönch sein Rosenkranz. Er läßt dessen Perlen durch seine Finger gleiten und wird nicht müde die seligen Geheimniße eines dieser Welt sicher fremden Glückes zu betrachten. Und so wie der Mönch aus seiner Zelle, die er als junger Novize betreten hat und nur als Leichnam verlassen wird, immer dieselbe Landschaft sieht, so auch sehe ich, der ich wie Du den Weg nach Innen gegangen bin, nur mehr diesen einen Ausschnitt eines irdischen Paradieses, diesen einen Garten unseres Lebens, in welchem Du sitzest wie auf alten Bildern die Madonna unter den Rosen mit den Kindern. – Ich habe schließlich gedacht, daß die beste Liebe jene ist, die trotz aller Widerstände aufbaut, und nachdem ich namenlos gelitten habe, wovon Dir der „Abschied am Wasser", den ich Dir sandte Zeugnis abgelegt hat, habe ich mich wie noch nie in die Arbeit gestürzt. Ich mußte sehen, daß ich nicht im mindesten resignieren kann, daß ein auch nur getrübtes Leben mit Dir eine fürchterliche Schmälerung der Gottesfurcht wäre, des großen Glückes, Dich gefunden zu haben. Und so bin ich nun im Zuge des Goldmachens. Nicht für Salzburg allein, das bereits gesichert ist, sondern auch für später. Und ich darf sagen, ich habe soviel Netze schon vorausgeworfen, daß sich im Herbste allerhand auch zu Deiner Freude in ihnen tummeln wird. Ist doch das beinahe Unglaubliche geschehen: ich habe zwischen Tür und Angel sozusagen noch einen kleinen Auftrag von – Holzmeister bekommen. Das wird sich auswirken. Wann ich von hier wegkomme, weiß ich noch nicht genau. Aber so um den 1. August herum wirds schon sein. Ob ich Dich in Salzburg erwarte oder in Wien, um dann mit Dir zurückzufahren, hängt vom Bildkäufer ab. Zeitungen habe ich regelmäßig geschickt. Geld noch nicht, doch kommt bald eins. So, nun habe ich das Wichtigste gesagt und warte sehnsüchtigst auf Deine Nachrichten. Noch viel, viel mehr auf Dich selbst. Ich bitte Dich, einmal in der Woche eine Karte! Schreib, was Du von W.lfg . . . weißt auch. Ich umarme Dich, ich küsse Dich, Deinen Mund, Deine Hände, Alles – –

Dein

Albert

17. July 34

L.M. vielen Dank für Deine erste Nachricht, die mich wirklich von einem Alpdruck befreit hat. Gottseidank bist Du begeistert und geht es Dir gut. Ich freue mich schon so auf Deine Erzählungen in Salzburg! Werde herrlich braun, tummle Dich wie ein Delphin in den Wogen und mache Dir gleichfalls keine Sorgen um mich! Ich habe mehr Arbeit, als ich bewältigen kann. Freitag (in memoriam Milenae) beginne ich u. mit Gott den Roman, die erste Arbeit am künftigen Bankkonto. Und da kannst Du Dich auf mein vorgeschobenes Kinn verlassen. Soll die Arbeit gut gehen, lasse mich nicht ohne Nachricht und eine kleine Sendung von „Alles Liebe"

herzlichst

Albert

Bildnis Frau Milena Rüdinger

26. July 34
Saarplatz 18

Meine liebste Milena

vor allen Dingen diene Dir dieses Schreiben zur Beruhigung. Die zugleich ankommenden Zeitungen schreiben wahr, daß Ruhe herrscht. Allerdings die Nerven sind arg mitgenommen. Ich habe jetzt zwei Tage nichts gearbeitet, sondern nur in jenem Fieber gelebt, das mir der Journalist in mir und der Profet in mir, an den Leib gejagt hat. Der erste hat die Situation so erfaßt, wie endlich der Kletterer das letzte Stück des Gipfels mit beiden Armen umschließt, der andere bereits die nächsten Monate unten im Tal ausgebreitet liegen gesehen. Außerdem für mein Teil den Schluß gezogen, daß ich, der ich auch sonst nichts mit der Welt gemein habe, auch in der Politik nichts zu suchen habe. Ich kann mich nur wie ein Koloß bewegen und mit einer Bewegung der Finger die Zeit vor- oder zurückdrehn, nicht achtend, was der heutige Tag denkt und tut: das aber ist des Dichters, nicht des Politikers Art. Und so stehe ich jetzt bereits da, wo die anderen, die nicht dieses blitzschnelle, aber bis in den Erdmittelpunkt hineinhauende Gefecht der miteinander ringenden Erkenntniße zu erleiden vermögen, erst in einem halben Jahr stehen werden. Die Folge ist wie immer und wie notwendig, das einer vollkommenen und furchtbaren Einsamkeit. Die sonst Du geteilt, erhellt, getröstet hast, durch Deinen scharfen, stets aus liebendem Herzen das Rechte *treffenden Verstand. Ich glaube, in solchen Minuten, wenn nämlich durch einen Schicksalspfeil oder einen Gnadenblitz das Wesentliche in uns getroffen wird, denkt dieses Wesentliche nur wieder an Wesentliches. Man hat in großen Augenblicken keinen Platz für Nichtigkeiten. Man denkt dann entweder an die Mutter, an das Kind, oder an die Geliebte. Zwangsläufig. In der Logik der Todesangst. Und das ist die Goldprobe. Wenn dieses „ich bin bei Dir" je eine Phrase gewesen wäre, hier ist sie eine gewesen. Ich war und bin bei Milena. Daß ich dies immer wieder erleben muß, zu meiner unerhörten Beseeligung aber auch zu meiner Strafe für einstiges treuloses Verhalten, das schlägt den Nagel immer tiefer in das Brett oder in die Füße und Hände eines an eine einzige Liebe Gekreuzigten. Daß Du sie erwiderst geht aus jeder Zeile Deiner gewiß nicht wortreichen Karten hervor. Aber jedes Wort ist von Deinem geflügelten Herzen in den Äther geschrieben und noch im Duktus der Buchstaben lebt, was eine schweigsame Seele wie die Deine nicht sagt. Daß ich das Papier küsse, auf dem Deine schöne, schlanke, gefährliche, aufregende Hand geruht hat, jene Hand, deren seltene Zärtlichkeit alle meine Nerven zittern machen: was bleibt mir sonst zu küssen? Diese Nähe des Todes, welche sich jetzt überall ausbreitet, erfüllt mich mit einer wahnsinnigen Gier nach Leben. Daß dies Leben Dein schönes Gesicht hat, brauch' ich's Dir sagen? Jetzt sinds genau dreißig Tage, bis ich Dich wieder in meine Arme schließen darf. Und wie ich Dich in diese schließen will!*

Vorläufig bin ich richtig krank nach Dir. Die „Abstinenzerscheinungen“ sind meine Gespenster! Alles in diesem Zimmer erinnert mich an Dich und an Deinen entzückenden Leib. Es ist nicht auszuhalten. Ich bin etwas toll und schreibe morgen das Nüchterne an diese Zeilen. Für heute – nein für immer!

der Deine

28. July

aus dem morgen und nüchtern Dranschreiben ist nichts geworden. Ich hätte Dir unendlich viel zu sagen aber was soll ein Brief? Leben, leben: das ist das wahre. Dies Geisterdasein eines vom Leben, von Dir durch die Unendlichkeit der Entfernung Getrennten ist nicht nur traurig – ach, was traurig, es ist zum an die Wand klettern ! – es ist auch komisch. Ein ausgewachsener Mann wie ich muß ein Mönchsdasein führen, daß Gott erbarm! Es ist sicher ein gelinder, wenn auch kein erträglicher Wahnsinn! Vielleicht gehts mir morgen besser d.h. läßt diese wütende Sehnsucht zu nagen etwas nach, dann schreibe ich einen vernünftigen Brief. – für jetzt nur als Nachrichten. Geld sende ich nach dem ersten in der besprochener Weise. Xandis Bild ist in der Staatsgalerie, die es im Herbst erwirbt d.h. bezahlt. Es gefiel außerordentlich. Bist Du ein bischen stolz auf Gütersloh? Deine Sammlung wächst auch. 2 Entwürfe, für den Engel und für die Kirchenfahne, harren schon Dein. Jetzt muß ich an den Rosenbaum'schen Kalender u. an die Landschaft gehn. Ich bin toll vor Energien. Ja, Milena, ich umringe Dich, ich lasse Dich nicht, nie, nie!

Albert

12. July 35

Liebste Milena

nun wirst Du gut angekommen sein und schon unterwegs auf dem Schiffe Dich gehäutet haben: eine glänzende Schlange ruhst Du auf dem urhaimatlichen Ufergestein: Ich konnte nicht wie früher Dich im Geiste auf Deiner Flucht in die Freiheit begleiten. Zuviele Wege warteten bereits auf mich und wenn ich erst heute schreibe und nur kurz, so deswegen, weil ich ohne diesen sofortigen und andauernden Einsatz an Energie und Schuhsohlen noch lange nicht so weit wäre, als ich jetzt bin. Es ist mir, nach irrsinnigen Schwalbenflügen in den Kuppeln zweier Ministerien, endlich gelungen, den „Akt" von seinem Schreibtische zu lösen, besser gesagt, zu reißen, an welchem er sonst noch heute hinge, wie Prometheus an seinem Felsen. Das Geld also dürfte bald da sein. Bald: heißt in etwa acht Tagen. Dafür ist, wie Du wol schon unterwegs erfahren haben wirst, die Ausreise nach Jgsl. gänzlich gesperrt worden, so daß ich immediat ein umfangreiches Gesuch machen mußte, um als Dienstreise zu tun, was sonst unmöglich wäre. Die Chancen desselben kann ich heute noch nicht beurteilen. Um alles zu bedenken: was soll geschehn, wenn es abschlägig beschieden würde? In erster Linie schicke ich Dir dann natürlich Geld. Hättest Du aber dann etwas Lust auf eine italienische Stelle Dalmatiens oder Istriens? Denn bis

Salzburg auf Dich zu warten, erscheint mir als ein Höllenaspekt. Ich hoffe selbverständlich auf eine günstige Beantwortung meiner Eingabe, möchte aber nicht allzu verzweifelt sein, wenn sie anders erledigt würde. Was an mir liegt, geschieht ohnehin und gründlich. Da ich mich furchtbar auf Dich freue, ist mir dieses Warten und Bangen recht ekelhaft.

Morgen schreibe ich mehr. Heute, nach einem recht schweren Tage, langt's nur zu diesen korrekten Zeilen. Schönste und liebste Forelle! Viele Bussis auf alle Tupfis! Einzigstes Schnurrli der Welt! Daher von ungeheurem Werte! Also, fabelhaft aufpassen! Auf bald!

Albert

Grüße für Tensette. Zeitungen und Jaspers kommen.

Hoffentlich bald auch ich.

14. July 35

L.M. Ich zähle die Tage bis zu meiner Abreise (und ertrage sie nur schwer) und glaube zwischen dem 20. u. 25. reisen zu können. Endgültiges drahte ich an Deine Adresse, sobald ich sie habe. Hoffentlich gefällt es Dir in Ragusa. Wenn nicht oder wenn Du nach 3 Wochen genug hast, könnten wir etwas Italienisches aufsuchen. Ich möchte, wenns geht, lieber nach R. Hier nichts wie Arbeit Gobelin, Porträt etc. Das Schreiben nimmt gewaltig Besitz von mir. Bin mir der entscheidenden Wende sehr bewußt. Spüre unendliche Kraft, das gemeinsame Schiff in den gewünschten Hafen zu lenken. Zu einem längeren Schreiben reichten die Nerven nicht hin: denn wenn die Arbeit aussetzt, martert mich die Sehnsucht. Morgen vielleicht gehts besser, Dies nur als Lebenszeichen des Unkrauts. Alles Liebe

A.

Dem Andenken der, am 21 und 22 May 1809
ruhmvoll gefallenen oesterreichischen Krieger.
Der Löwe von Aspern

wenden !.

14. Juli 35
L. M. Ich zähle die Tage bis zu meiner Abreise ([illegible]) und glaube zwischen dem 20. u. 25. reisen zu können. [illegible] Hoffentlich gefällt es dir in Ragusa. [illegible] 3 Wochen [illegible] Ich möchte, wenn geht, lieber nach R. [illegible] Arbeit [illegible] etc. [illegible] Alles Liebe
R.
JУГОСЛАВИJА JUGOSLAVIJA ПОРТО-PORTO
Д 50 P.
ÖSTERREICH
STEIERMARK GROSCHEN
15. VII. 35
Postkartenverlag „Donauland" Wien III. /40
D
Milena Hutter
Rg Ragusa
Dubrovnik
Hauptpostlagernd
Jugoslavien

22. July 35

Liebste Milena

heute kam die Befürwortung meiner Ausreise vom Ministerium und das Steueramt, wo ich gleich gewesen bin, bewilligt mit einer kleinen Abzahlung die Ausreise. Jetzt bleibt noch die Polizei, die nicht verweigern wird, nur vielleicht verzögern kann. Da aber werde ich durch Empfehlung durchkommen. Ich werde also Freitag oder Samstag reisen und hoffe Dir schon vorher telegraphieren zu können. Was das Alles an Nerven gekostet hat, kannst Du Dir kaum vorstellen. Nun, die Hauptsache ist, ich kann kommen und da ist kein Preis zu hoch. Infolgedessen sende ich Geld nicht, sondern bringe Alles mit. Montag dürfte ich also in Ragusa sein. Dies in Kürze, damit Du aus dem Hoffen und Bangen bist. Ich kanns schon nicht mehr erwarten. Zu einem ruhigen Brief bin ich nicht mehr fähig. Außerdem ist noch viel zu tun, damit ich rechtzeitig loskomme. Sonst gehts mir gut. – Von Dir bin ich leider schon lange ohne Nachricht, was hoffentlich ein Zeichen Deines Wolbefindens ist. Doch hoffe ich, noch vor meiner Abreise von Dir zu hören. Milenchen, ich freue mich so.

Bussis

Dein

Albert

26. July 35

Liebste Milena,

vielen, vielen Dank für Deine schnelle Zustimmung zu meinem Vorschlage. Jetzt hoffe ich bald mit Dir vereint zu sein. Gestern war ich so glücklich Dir endlich die gewünschten 200 S überweisen zu können. Sie kommen über Agram telegraphisch an Dich. Von hier aus kann man keinen Groschen senden, auch trotz der ministeriellen Verfügung habe ich mein Visum noch immer nicht. Nun ists ja nicht mehr notwendig. Ich drahtete Dir gestern, daß ich Samstag reisen werde, fürchte aber, daß ich erst Sonntag loskomme. Sobald ich in Lussin bin, drahte ich Dir mein Hotel und bitte Dich unverzüglich, das nächste Schiff zu nehmen. Finde ich gleich was Schönes ist es gut, wenn nicht, suche ich mehreres aus u. lasse Dich nach Ankunft entscheiden. Sobald ich Hotel gedrahtet habe, drahte Du Deine Ankunft in Lussin, daß ich Dich beim Dampfer hole. Ich freue mich unendlich auf Dich. Was ich Alles hier noch erlitten habe, will ich nur erzählen, nicht schreiben. Morgen wieder ein Wort. Bin zu sehr in Eile, um ruhig weiterzuschreiben.

Alles Liebe, Bussis

Albert

An M.....

Dunkler Schatten mit dem Becher,
den Du deinem kranken Zecher
reichst durch den Rausch der Liebe,
daß er ihm den Wahn vertriebe,
der die Liebe trübt und peinigt,
mit dem Element das reinigt,
doch die Keime unnütz brennt:
bete hier an meinem Bette
daß des Dämons Schorf und Kette
falle von dem Alabaster
meiner Seele und verhaßter
Leib dich heiter wieder faßte.

*

An M . . . . .

Dunkle Schwester mit dem Becher,
den Du Deinem kranken Zecher,

reichest durch den Rausch der Liebe,
daß er ihm den Wahn vertriebe,

der die Liebe trübt und peinigt,
wie ein Element das reinigt,

doch die Reine unnütz brennt:
bete hier an meinem Bette,

daß des Dämons Schorf und Klette
falle von dem Alabaster

meiner Seele und verglaster
Blick Dich heiter wieder fasse.

29. Juni 37

29. Juni 37
12 Uhr nachts

Liebste Milena!

Diese Verse zu Deiner Gewißheit, mit
welchem Ernste ich darum ringe, Dir konform
zu sein. Ich bin nicht böse, ich suche nicht, Dir
ein Leid zu tun. Es ist ohne Zweifel derselbe
Dämon, der mir den furchtbaren
Dornenkranz der Außergewöhnlichkeit
aufsetzt, welcher auch mich wie auf der Folter
verzerrt und zu wilden Schreien reizt und
überhaupt zu einem sträflichen Benehmen.
Deß[halb] bitte ich Dich, zu verzeihen, aber
auch, so zu verstehen, wie ich's ausgesprochen
habe. Du bringst mir, unter täglich neuen
Opfern, das Opfer Deines ganzen Lebens. Was
Du an mir getan hast, werden die Menschen
nicht oder nur schlecht erfahren. Aber Gott
und ich wissen, daß es nicht Liebe allein ist,
sondern noch etwas mehr: eine Tugend, ein
heiligmäßiges Ertragen der mit solcher Liebe
verbundenen Qualen. Und immer wundert sich
dieses schöne Weib Milena darüber, daß es einem
Mann zuliebe so viel zu erdulden vermag.
Dies kommt daher, daß dieses schöne Weib
nicht eine kleine und eitle, sondern eine große
und großzügige Seele bekommen hat, die es zu
einer anderen Liebe, aber auch zu anderen
Leiden befähigt. Und daraufhin sündigt dann
ein Mann wie ich.

A.

22. Mai 38
Salzburg
Schwimmschulstraße 9

Meine liebste Milena

jener Brief, den ich Dir eigentlich schreiben will, wird aus diesem wol nicht werden, ich müßte denn meinen derzeitigen Zustand als einen endgültigen empfinden und eine andere Gedankenübermittlung, als die auf dem postgesandten Papiere nicht mehr für möglich halten. Es ist doch ein Anderes, einem Freunde zu schreiben, als der Geliebten. Im Verkehr mit Jenem spielen die Kategorien der Zeit keine Rolle. Vergangenheit, Gegenwart und Zukunft stehen da ziemlich gleichwertig nebeneinander wie die Farben auf der Palette, die ja erst im Bilde zu einer gewissen Reihenfolge kommen. Was mich aber mit Dir bewegt ist die pure Gegenwart. In diesem irrlichternden Augenblick, dessen Dauer aus tausend Unterbrechungen besteht – dem Zug der Elektronen vergleichbar – erscheint mir, was gewesen als starre Geschichte, als die Eishöhle in mir selber, und was ich noch werden soll, droht meinem Haupte wie ein überhängender Felsblock, den mein nächster Griff ins Künftige aus dem gelockerten Gesteine lösen kann. Ich stehe also zwischen Zurück und Vorwärts auf einer ewigen Zehenspitze still, um die Toten von Gestern nicht zu wecken, und die Geburten von Morgen nicht ins Leben zu rufen. Ich habe mich liebend ins Eintagswesenreich verirrt,

meide die gefährliche ausgebildete Sprache,
welche mit Weiterentwicklung, Dezision und
Überwindung angestopft ist wie ein Sprenggang
mit Dynamit, lalle wie ein Kind, gaukle wie
ein Schmetterling, zucke auf und zusammen
wie das Wetterleuchten, kurz: ich irre ständig,
mit Leidenschaft und mit Angst, von dem
logischen Wege ab, der eine Richtung und ein
Ende hat, ich verkürze mich an Verstand und
Erwachsenheit, um durchs Nadelöhr in die
Seligkeit eingehen zu können, bin Pinguin,
Schnurrli und Schnurz, welches ja Fürstentitel
sind im Feenreich, und lebe wie alle
Verschwörer gegen die heil- und gottlose
Nüchternheit der Tageswelt nur für meinen
geheimen Grad. Es ist sehr schön (bezeichnend
für Dich und mich) daß ich Dir eine so
gescheute Erklärung für unsere so großen
Dummheiten bieten darf! Es ist also gar nicht
so, wie ich eingangs dieses Schreibens gesagt
habe! Oder nur zum Teil so. Die drei
Kategorien der Zeit fallen wol weg, das heißt,
verblassen im Mondlicht und rinnen
ineinander. Die Verstandeskälte ist wol auch
da, aber von gleicher Kühle wie der
Zauberweiher, wie die Wurzel der Wasserrose,
wie die Unterseite der Schwäne, wie die
Marmorleiber der Parkgötter, wie das
nächtliche Silber auf dem Dach der
Salesianergasse: Wenn an allen Regenröhren

und Blitzableitern die gemalte Träne des Mondlichts hängt, wer wollte da von Schmerz reden? Wenn der weichliche Flieder erzgegossen starrt wie der Lorbeer des Ruhms, wer denkt da an Schlacht und Tod? Die vergeistigten Dinge passen nicht mehr zu ihren Worten, die Worte heben sich von den Dingen und bilden hoch oben im nachtblauen Äther eine Versammlung herrenlos-glücklicher Wesen, eben jener lustigen Genien, die in den zärtlichen Diminutivformen den kindischen Mummenschanz mit uns treiben, nachdem sie ihre eigentliche Bedeutung wie ein häßliches Schurzfell längst abgelegt haben. Für heute leb' wol, meine romantische Milena. Ich habe Dir einen Geisterbesuch gemacht. Nun schwing ich mich wieder vom Fensterbrett und segle in meine einsame Burg zurück. Morgen komm' ich leiblich wieder.

Dein

Pinguin

Hier –
– ein physikalisches Phänomen! –
sitzen Millionen Bussis!

16. July 39
VIII. Buchfeldg. 6

Meine liebste Milena

aller Anfang ist schwer, aber keiner schwerer, als der eines Briefes in die Ferne, in eine nur ungefähr bekannte die aus Meer, Sonne, Elefantenrücken besteht, zwischen denen sich klein und noch ganz unbekannt wie, – gleichsam als Anfängerin auf einer ungeheuren Bühne! – das mir Liebste und Bekannteste bewegt: Milena! Noch weiß ich nicht einmal den Namen des Daches, das Dich beherbergt, mit welchem Namen ich wenigstens eine vertraute Beziehung anspinnen könnte! Jemandem nahe sein wollen heißt, ihm auf tausendfache Weise nahe zu sein. Ihn mit hundert und hundert Pfeilen zu umgeben, die, wie bei den Bildern in den anatomischen Atlassen, auf jede Einzelheit scharf und geradezu hinweisen. Wenn ich z.B. wüßte, welche Schuhe Du jetzt trägst, von welcher Farbe das Kleid, ob Deine hübschen Schaumrollenlocken schon aufgegangen sind – ich hätte Dein teures Bild wie in einem sicheren Rahmen. Und meine Beschwörung würde nicht schon vor dem Fenster, durch das ich sie schicke, zerflattern wie Wolken ausgelassener Tauben. So konnte ich nur das Eine tun – und ich habe es schon zweimal getan – was man immer tut, wenn uns arme Menschen die Verlorenheit in Welt und Universum bedrückt und wir doch dem Nächsten nahe sein wollen: in die Kirche zu gehn und auf dem Umweg über unsern gemeinsamen Vater Dir die Kräfte meines Herzens und seinen Segen zu senden. Die Liebe, Milena, ist die höchste Form dieses Lebens und die minderste Form von Religion. Aber sie ist es. Von keiner Form und Leidenschaft sonst kann man behaupten, daß sie den göttlichen Samen enthielte und bis zu Gott zu steigen vermöchte. – Du führst wie in einem drückenden Traume weg, halb von der rätselvollen südlichen Ferne gezogen halb von dem Hier, in dem Du fester wurzelst als Du geglaubt hast, gehalten. Vielleicht kommt einmal der Tag, an dem kein Abschied mehr genommen werden muß und keiner von uns einen Verzicht zu leisten hat. Solange ich diese Zeilen an Dich schreibe, von denen ich weiß, daß Dein Auge sie betrachten wird, habe ich das bestimmte und überwältigende Gefühl, Du seiest im Zimmer und ich sehe Deinen wortlosen Mund in einer überzeugend hingebenden Bewegung aufbrechen wie einen Granatapfel. Deine Liebe ist mir mehr als Brot und Luft, sie ist meine Seele, von der ich lebe, die feine Wurzel, die ins Unendliche hinabläuft und mit dem ewigen Dasein verbindet. Mein Liebstes, diese Worte da sollen nur ein fast körperliches Überwinden der Entfernung sein, die uns trennt. Ein Kuß auf die Äpfelchen Deiner Wangen, auf den

Polster, wo Dein schwarzer Kopf ruht, auf die Knie – und überhaupt! Es ist möglich, daß ich Dir noch einmal, ehe ich Deine Adresse erhalte, postlagernd schreibe. Bitte, schaue nächsten Montag auf der Post nach. Vielleicht weiß ich dann schon zu sagen, wann ungefähr ich reisen kann. Ich umarme Dich! Schnurrli, Paradiesvogerl!

Dein

Albert

P.S. mit der Wohnung ist alles in Ordnung. Doderer bleibt bis auf Weiteres. Das Nest ist also erhalten.

29. July 39

Meine liebste Milena

zu dem versprochenen „gescheiten“ Brief ist es vorgestern nicht gekommen, da ich mich physisch recht elend fühlte – Sonnenflecken, Marsnähe, Hitze, Kälte unmittelbar darauf, Stürme, die mein Atelier wegtragen – und heute sehe ich, daß ich schon viel zu nervös geworden bin um mich breit behaglich an den Schreibtisch zu setzen, obwohl gerade jetzt in meinem Kopfe ein langes Tulpenbeet von Problemen aller Art aufschießt, wie immer unter dem ungeheuren Druck der Einsamkeit, der körperlichen und seelischen, die diesmal eine vollständige ist. Da meine Abreise nun nahe bevorzustehen scheint und mir auch eine briefliche Mitteilung nicht mehr genügt, will ich alles Bangende auf diese ersehnten kostbaren, seltenen Stunden aufheben, da ich Dich neben mir haben werde wie die Erde den Mond, und über mir, wie Erde und Mond, die Sonne, das bis auf den Grund jeder Dunkelheit dringende Gestirn. Du denkst bei solchen Aussprüchen, die Du dem Dichter in mir zu- und gutschreibst, meist, daß ich übertreibe. Aber: Nie und nimmer kann, bei der außerordentlichen Isoliertheit jeder Menschenseele, – auch wenn sie das Glück hat, geliebt zu werden – der Eine wissen, was er dem Andern bedeutet. So wenig der Mars wissen dürfte, daß wir ihn aufs Schärfste beobachten und eine ganz bestimmte (vielleicht falsche) Vorstellung von ihm haben. Das Bild, das wir uns vom Andern machen, und ganz besonders das des Geliebten, kommt ja auf Grund der in jedem Menschen ruhenden Genialität (dem letzten Gottesfunken) zustande, ist also eine Schöpfung, oft unsere einzige und bedeutendste, und in ihrer letzten, untersten Zusammensetzung unergründbar und unverstehbar. Die Liebe nimmt auf Treu und Glauben hin, daß es sich so verhält, wie der Geliebte sagt. Sie braucht ja bloß an die eigene Schöpfung, an ihr Bild des Geliebten denken, um zu wissen, daß man gar nicht Anders tun kann, als dies und so.– Ich kann Dir nicht verhehlen, daß ich schon sehr besorgt und unruhig bin, da Deine letzte Nachricht noch aus Ragusa stammt, wo Du doch nicht bleiben wolltest. Nun weiß ich eigentlich nicht, wo Du bist, ob Du meine vier Briefe erhalten hast, die Dich etappenweise von meinen Bemühungen unterrichteten u. s. f. Ich dürfte Mitte der Woche den Kreditbrief erhalten und werde, wenn ich von Dir keine Gegenorder bekomme, Montag den siebenten August abends abreisen und wol am 8ten abends, wenn ich gleich ein Schiff bekomme, in Corcula sein. Da Du mich im Hotel Europe erwarten willst, so werde ich dorthin gehen und wenn was frei ist, mich dort einmieten. Sonst dort Post für Dich hinterlassen. Ich rechne daß Du diesen Brief, den ich mit Flugpost gebe, um die Garantie zu haben, daß er rechtzeitig in Deine Hände kommt, längstens Dienstag erhältst. Sobald ich Devisen und Fahrkarte in Händen habe, was wol Mittwoch oder Donnerstag sein wird, berichte ich Dir das mit Flugpost, damit Du sicher weißt, wann genau ich in Corcula bin.

Inzwischen hoffe ich Nachricht von Dir zu erhalten.

Ich umarme Dich in großer Sehnsucht

Albert Schnurrli

Tausend Bussis voraus!!

Split
8. Aug. 39
Hotel Salonae

Meine liebste Milena

ich bin heute hier eingetroffen, Hotel Salonae abgestiegen und fahre morgen früh nach K. Ich bin glücklich Dir näher zu sein und unglücklich, noch so lange Deiner harren zu müßen. Mit dem Dichten ist es nichts, oder noch nichts; ich denke zu viel.

Ich gehe hier wie auf einem scheuen Boden. Du biegst um jede Ecke und Deine Schritte schlafen hier in den Fliesen wie gepreßte Blumen. Gewaltige Kraft der Erinnerungen!!

Die Frauen und Mädchen sind schön wie stets und bereiten mich auf die Ankunft der Allerschönsten vor. Ich glaube, es wird wie ein Blitz sein, der einschlägt. Ein Blitz aus Bronze und Gold, in dem Deine Augen wie Email schimmern.

Ich küsse Dich, wie man sich in eine Rose einwühlt

Dein

Alberto

Also heute in acht Tagen kommt Schnurrli

18. July 40
Buchfeldg. 6

Meine liebste Milena

wie mir Wolfi in einem so lieben Brief, vom
12ten, der mich sehr gefreut hat, mitteilt, bist
Du heute vor acht Tagen von Ottensheim
abgereist. Da ich bis heute keine Nachricht
von Dir habe, muß ich annehmen, daß
tatsächlich eine solche verloren gegangen ist
und ich mache den Umweg über Frl.
Mizzi, Dir das zu melden und Dich zu bitten
nochmals und umgehend zu schreiben. Ich
stelle mir allerdings vor, daß es vielleicht
außerordentlich schwierig ist, etwas Passendes
zu finden, noch dazu bei schlechtem Wetter,
und daß Du vielleicht aus dem Grunde noch
nicht zu schreiben vermochtest. Jedenfalls ist
aber die Ungewißheit, wo Du Dich befindest,
die Unmöglichkeit, Dir meine Empfindungen
und Gedanken zu sagen, etwas so Quälendes,
daß ich Dich inständigst bitte, mir Nachricht
zu geben. Noch stärker und tiefer als in allen
früheren Jahren bist Du mein einziger
Gedanke, der einzige Sinn meines Lebens, und
wie immer die äußere Form unser[er]
Verbindung ist, bleibt diese hoch über allen
Dingen wie ein Stern. Ich habe Dich oft
verletzt und gekränkt: nichts auf der Welt
schmerzt mich mehr. Denn niemals kann ich
Deine stille und selbstverständliche, gütige und
geduldige Liebe erreichen und vergelten. Ich
glaube aber, daß ich [in] eine ruhigere und
bessere Epoche trete, daß ich langsam aber sicher,

weniger laut, stürmisch und eigensüchtig werde: – Eben sagte mir meine Mutter, von der ich gerade komme (ich mußte diese Zeilen unterbrechen) daß sie mir ebenfalls einen Brief geschrieben hat, den ich auch nicht erhalten habe. Ich bin also nun doppelt der Meinung, daß ichs der Post verdanke, daß ich mich so sehr nach einer Nachricht von Dir sehnen muß. Ich bitte Dich unbedingt Rekommandiert mit Absenderadresse zu schreiben, damit ich die Garantie habe, Deine Zeilen zu erhalten. Also hoffentlich kann ich Dich schon Anfang der Woche wiedersehen! Das wäre eine unaussprechliche Freude! Ich küsse Dich und umarme Dich in herzlichster Liebe und innigster Sehnsucht.

Dein

Pinguin

16. Aug. 40
Buchfeldg. 6

Meine liebste Milena

ich fand eine solche Fülle des zu Tuenden und zu Bedenkenden, wenn auch zum Großteil nur des mikroskopisch Kleinen, vor, daß ich die ruhige Stunde nirgendwo gewinnen konnte, derer ich zu einem, Deiner halbwegs würdigen, Schreiben durchaus bedarf. Ein Heim, das vierzehn Tage leer gestanden, ist der Schauplatz zerstörerischer Geister gewesen, der unguten, die man zurückgelassen und die in der brütenden Einsamkeit aufgeschossen sind, oder jener, die man aus der Ferne gesandt hat und die nun in Türen und Wänden stecken wie haarige Pfeile. Es muß erst wohnlich gemacht werden. Nun ist's halbwegs so weit. Ich habe die Arbeit an Dr. Reif aufgenommen, die gut vorwärts zu gehen verspricht und beginne nun auch die ersten mühevollen Fassadenklettereien am Monumentalbau des Romans; dabei kommt mir vor, als stiege ich in einen dunklen Schacht, den ich nun für lange nicht verlassen werde. Noch zögere ich, ganz zu verschwinden, ich trinke auf Vorrat vom Sommerlichte und sehe mich lange und sehnend auf der Oberwelt um. Die wenigen aber schönen Tage dieses Sommers mit Dir liegen in dauernd leuchtender Erinnerung da, als ob sie gemalt, gemeißelt oder beschrieben werden wollten oder als ob sie's bereits seien! Beinahe ist's der Glanz der Dichtung, und nicht des Lebens! Die weltverlorenen Stunden in Klagenfurt, hinter den dicken Mauern eines gelben Hauses, in dem verschlafenen Landstädtchen mit dem vor Gebetskraft erfüllten und fast arabisch verzierten Dome, der Deine Seele so tief berührt hat, der mythische Tag im Schilf am See mit der huschenden Schlange und dem knackenden Röhricht – Du mußt zugeben, daß Du die Meisterin dieser Bilder bist, und daß die Bedeutung, die sie gewonnen haben, von Dir in sie gelegt worden ist. Ein großer Schauspieler wird ein Tischtuch, das er sich überwirft, zu einem Königsmantel machen. Wir Andern, wir Ärmeren und weniger Begabten, kommen da, obwohl mitagierend, doch nie ganz in das entzückende Drama hinein, sondern stehen bewundernd zur Hälfte außen und kommen niemals aus der unbegrenzten Dankbarkeit der Beglückten hinaus. Bleibe wie Du bist, ein wenig seltsam, immer überraschend, meistens unnahbar, aber neige Dich ab und zu dem Sterblichen, der dann für ewige Zeit an der Himmelsdecke dahinschwebt. Mehr für heute will ich nicht schreiben. Der Tratsch soll in gebührendem Abstand das nächste Mal folgen. Ich umarme Dich und grüße die Kinder

Dein

Albert

25. August 40

Meine liebste Milena

die Freude, die mir Dein Brief bereitet hat – wie jeder Deiner seltenen aber schönen Briefe, – ist eine ganz große gewesen. Ja, ich lachte über ihn, aber wegen des Glücksgefühls, das sich nun einmal anders ausdrücken läßt und durch diese gewisse heitere Verzerrung der Gesichtsmuskeln und dann (doch nicht zuletzt) wegen Deiner schalkhaften Witzigkeit, ich möchte sagen, wegen Deines geistvollen Herzens. Und all das in Deiner menschenscheuen und zärtlichen Schrift, die ich immer besser zu lesen verstehe. Du rückst mit Deinen großen Gaben, des Verstandes und des Gemütes, nicht gern oder überhaupt nur selten und wie zufällig heraus und hast recht. Dieses ewige Unter-Beweis-Stellen, daß man tief fühlt und gut denkt, ist ja doch nur eine andere Form des Ehrgeizes, die einem so sehr in sich selbst ruhenden Wesens, wie Du bist, ganz natürlich fehlt. Man sieht den Gnadenbildern unserer Kirchen auch die wunderbare Träne nicht an, die sie einmal vor einem Hirtenmädchen geweint haben, und nicht die unzähligen Tröstungen, die von ihnen ausgegangen sind. Sie bleiben in ihrer starren Malerei, wie alles Erhabene, Geheimnisvolle, Beglückende jenseits des profanen Auges geschieht und nur dem eingeweihten, vom Zauberfinger der Seele geöffneten, sichtbar, wenigstens halbwegs sichtbar wird. Nun bist Du bald wieder hier, und diese Stadt hat dann für mich wieder Seele und Sinn. Es wird Dir heuer wohl nicht schwer fallen, zurückzukommen, da Du nicht den geliebten Süden verlassen mußt. Grau wirds in Velden sein und grau ist's hier auch, sogar ununterbrochen. Aber das Atelier ist schon recht gemütlich und wird noch mehr sein, wenn Deine ersehnte Anwesenheit den Hauch von Einsamkeit erwärmt. Wie freu' ich mich auf Dich! Ich schreibe Dir noch einmal kurz, um in der langen Woche die Freude der Zwiesprache zu haben und denke, daß Du in etwa zehn Tagen schön, braun, duftend und warm hier eintrittst. Die Vorstellung allein entzückt mich schon! Ich erwidere Deine Bussi sehr stürmisch und umarme Dich. Immer

Dein

Albert

Meine liebste Milena

ich habe gehofft, heute – warum gerade heute, weiß ich nicht – Nachricht zu erhalten, daß und wann Du kommst. Oft in den letzten Tagen, wenn es läutete, bildete ich mir ein, Du seiest es, oder ich müßte Dich um die Ecke biegen sehen. Kurz: es ist wie im Advente, wenn das große Kinderfest naht, und der dunkle Gang der Monate vom leisen Schimmer des ferne her getragenen Christbaumes angerötet wird. Wenn es kalt war, dachte ich an Dich, wie einsam und kahl es da auf dem Lande ist: die Kinder lesen und Du hast eine dicke Wolle an. Wenn die seltene Sonne schien, dachte ich an Dich und daß nun das Faltboot wieder über den See geht: die Wellen glucken an die Gummihaut, der lächerliche Dampfer qualmt seine graue Strickwolle aus. Endlos erschienen mir die Wochen, obwohl der Tag selber rasch verging, in Arbeit und Vorarbeiten. So schön Erinnerungen sind: man möchte Gegenwart, Neues erleben, das dann ja ohnehin wieder Erinnerungen wird! Ich habe viel gedacht, Wichtiges und Wertvolles, wie ich glaube, und fühle in mir eine große Veränderung, die sich ja schon im Sommer angekündigt hat. Das soll und muß nun Alles in diesem langen kommenden Winter Gestalt und Entscheidung werden. Jetzt steht mir noch das große Erlebnis Deiner Ankunft bevor und die große

Freude des ersten Wiedersehens, und wenn Du einmal da bist, will ich den schweren Vorhang zuziehen, und nur von Dir besucht, gestärkt und entzückt, das zu vollenden suchen, was mir vorschwebt, recht präzis natürlich vorschwebt. Jetzt ist es schon recht einsam um mich. Schüller ist zur Feldarmee gekommen, Doderer befindet sich wo zwischen der Bretagne und der Normandie, Gaby versucht auf dem Lande dick zu werden, mein ehemaliger Schwiegervater ist in Ischl gestorben – eine kleine Blütenlese des Zerfalls! Du und W . . , ihr Bilder des Lebens, ihr werdet immer tiefer und klarer in mir. Wenn in einer Flamme kein Rauch mehr ist, nur heller, glühender, schlanker Flammenschlag zur Decke, so etwa brennt dies Feuer. Nun möchte ich schon bald wieder Deine zärtliche Fliegenschrift lesen! Noch lieber in Deinem Gesichte! Reise gut und komme gut an. Als Proviant sende ich tausend Bussis. Viel Liebe erwartet Dich.

Dein

Albert

Grüße die Frösche!

Für Milena

Du bist wie immer
eingehüllt in die Ferne:
nur wie ein Bündel Sterne
brechen deine Füße aus dem Saum.

Hier, wo dein Meingedenken ruht
wie ein letzter Strahl auf Herbstlaub
in einem Hofwinkel,
ring' ich fröstelnd um die kleine Wärme.
Schon steht auf dem Dache geneigt
der Regenguß,
der das Jahr und die Jahre hinwegschwemmt
und die feine Zeichnung meiner Blätter,
vergebliches Werk des zärtlichen Frühlings.
Jetzt schiffgetränkten Leibs
nur eine Fußspitze setzen
auf den südlichen Stein,
den noch immer die Urzeit
mit dem Ringe der Eidechse schmückt!!

November 1942

Wien, am 6. August 41

Meine liebste Milena

Es regnet (was soll es auch sonst tun?) und somit sind meine Gedanken doppelt in Altmünster und unter der niedern Decke Deiner Mansarde gleich den gerafften Wolken einer Photographenoberlichte versammelt. Ist meine Gesellschaft auch eine schwierige, so doch die eines hilfreichen Gnoms oder wenigstens so gemeint und von Dir, hoff' ich, auch so empfunden. Zwar verhüllt der Nebel wohltätig das blöde Profil einer schlafenden Griechin von der Ringstraße der Achtzigerjahre, aber dieser negative Erfolg des schlechten Wetters dürfte Dich nicht trösten, weswegen ich meine Späße treibe. Des bittren Scherzes halber sei auch erzählt, daß ich meine Reise mehr in einem Gepäcks- als in einem Personenwagen machte, stehend wie eine hochschwangere gotische Plastik zwischen anderen, zu ebensolchen Statuendasein verdammten Pilgrimen und unverrücklich festgemauert an die Coupèwand, dahinter die glücklichen, die saßen, so taten, als führen sie mindestens in der ersten Klasse. Was Mitleidlosigkeit wirklich heißt, das habe ich da aus dem furchtbar gerunzelten Tuberosengesichtern der von mir ohnehin so gehaßten alten Weiber starren sehen! Das nächste Mal – schwur ich mir – geh ich gleich bis ins fürchterliche Steinach-Irdning um wenigstens auf der Rückfahrt zur eigentlichen Sommerfrischenfreude eines

Sitzplatzes zu kommen. Daher war der Eintritt in meine Wohnung ein herrlicher Sonnenaufgang. Die mir weit mehr als Menschen lieben Gegenstände strahlten (ob aus eigner Freude, oder im Wiederschein der meinen, kann ich nicht entscheiden) ja, wenn ich mich nicht getäuscht haben sollte, glitzerten sogar Morgentautropfen an den Kanten. Kurz: Dein Werk – denn sie ist ja Deins, die Wohnung! – hat die unverwüstliche Dauer der echten Gabe. Auf dem Ameisenwestbahnhof empfingen mich nebst Kofferpüffen, üblen Gerüchen in Siedehitze und keinem Träger die nicht verständigten aber ahnungsvollen guten Steinharts, deren eine Hälfte tatsächlich wieder ein Kind erwartet, und daheim in den Vasen Blumen. Die Wanne bekam sofort wieder Inhalt und Beschäftigung, und meine Pedanterie – die sich im Hotelzimmer nur aufs Nötigste beschränkt – die saubern Hände voll zu tun. Es ist ein ganz großes Vergnügen, die Kreise seiner Behaglichkeit auszudehnen, ja man kommt sich wie das schöne Wetter selber vor, das mit immer blaueren Händen die grauen Lasten vom Himmel schiebt. Sagt man von Manchen zu Recht, sie schössen mit Kanonen nach Spatzen, so muß ich beschämt von mir berichten, daß ich noch in der selben Nacht, wie eine seltsam vegetarische Tigerkatze auf jedes Staubkörnchen Jagd gemacht habe. Als ich dann beim wohlverdienten Thee saß blies ich mein Halali so süß und rein, als tirilierte ich auf Elfenbein. Tags darauf hemdärmelte ich bereits an Sonne und Mond herum – ein grotesker Anblick: ich einziger Arbeiter auf so weiter Flur! Aber es ist Krieg (in der Dichtung ist immer Krieg) und so bin ich denn Weib, Kind, Greis in einer Person, weil die eigentlichen, die wehrhaften Männer ja stets was anderes zu tun haben, Geld zu verdienen oder Kriege zu führen und deswegen nie daheim sein können im wesentlichen Leben in der Mitte der Dinge. Ich war froh, nach drei Wochen geistigen Verkommens in mir nicht gemäßer Spinatnatur, wieder den scharfen Seemannswind zu spüren, der von Deiner Karlskirche her, die ich fern als einen heiligen Skarabäus hocken sehe, über mein Stehpult fegt, der vorgeschobensten Klippe im Meer der Ungestalt. Dem Gummibaum geht es gut, den andern Pflanzen auch: mir ist, sehe ich, ein Töpfchen eigenes Grüns lieber als der größte Wald für Jedermann, und weil ich mir keine Elefantenrücken ins Zimmer stellen kann, werde ich um unser Steinhäuschen nicht herumkommen. So, das wäre ein Regenbrief; wie's draußen platscht, so tratscht es in ihm drinnen! Nun dieser Regen seinen Zweck erfüllt hat, den nämlich, Dir ein wenig über ihn hinwegzuhelfen, wünsche ich der Eidechse viel heidnische Sonne und einen recht heißen Stein, zwicke sie liebevoll ins Schwänzchen und enteile für dieses Mal aber öfters mich umwendend nach dem südlichen Gesicht (sowohl facies als visio) und ihm mit dem Zaunpfahl des verhaßten Briefschreibens winkend. Auch viele Bussis auf meine Spur fallen lassend, wie Jemand, der eine sich entblätternde Rose trägt! Immer Dein Albert

13. Aug. 41

Meine liebste Milena,

wohin ist das hohe Gefühl, mit dem ich vor dreizehn Tagen hier eingezogen bin? Und davon mein erster Brief, wie ich glaube, erheiterndes Zeugnis abgelegt hat? Dahin, spurlos dahin, wie ererbtes Geld: Zwei Wochen Trennung von Dir, meiner Quelle, haben genügt, es zu drosseln. Von Neuem steht bewiesen: ich lebe aus Dir, ich schöpfe, was ich schaffe, aus Dir und ich bedarf des Anschlußes an ein solches Kraftzentrum, wie Du eines bist. Ich habe dasselbe schon oft gesagt, aber, man hälts für das übliche Kompliment eines Verliebten. Als ob der, der's sagt, auch so üblich wäre! Leider läßt die mir verliehene (in diesem Falle unglückselige) Gabe des Worts meine Worte, weil sie nicht keuchen und schwitzen, und auch noch in Schönheit sterben, oft nicht glaubhaft erscheinen. Sie ist dann der Panzer, daraus ich nicht kann, in dem ich tobe, ohne gehört zu werden, und in dem ich vielleicht ersticke, wenn man mich nicht befreit. Jetzt mache ich mir Sorgen und Gedanken über Dein Schweigen, und sie sind den Qualen eines Einzelhäftlings nicht unverwandt. Ich hätte Dir so gerne nur solche Brieflein geschrieben, wie das vom Sechsten, aber der erwartete Widerhall ist ausgeblieben, und aus dem lustigen Narren ist ein trauriger geworden. Ich will nicht fürchten, daß Du krank bist oder

sonst Widerwertigkeiten hast, oder daß den
Kindern, die ich herzlichst grüße, etwas fehlt,
sondern lieber annehmen, daß die schöne Frau
Oberst derzeit eben nur nicht gelaunt ist,
Ihren ältesten und treuesten Lieutenant mit
einer Ansprache zu beglücken. Und bei dieser
Fiktion will ich bleiben, um mich halbwegs
vor der rätselhaften Unruhe zu retten, die
mich Sonntag plötzlich befallen hat und seither
martert. Nun, in etwa zwanzig Tagen wirst
Du hier sein – eine Ewigkeit für einen bereits
Verdurstenden! – und dem bösen Traum
dieser Trennung ein Ende bereiten. Einmal im
Reden mit Dir kann ich nicht gleich aufhören.
Denn einzig im Verhältnis zu Dir hat mein
Reden (wie auch mein Tun) Gewicht, fällt
schwer in die Tiefe und bleibt dort, kommt mir
vor, liegen wie ein Eisenschrank einer Bank.
Das Geistvollste (oder das Törichste), das ich
zu sagen vermag, sag' ichs einer anderen Person
bleibt unverpflichtendes (oder weiter nicht
strafbares) Geplauder. Es ist wie mit dem Gebete.
Nicht nur in der rechten Verfassung, auch am
rechten Orte muß man die Hände heben.
Also, da Du mir Alles bist, Geliebte, Freund,
Altar, und alles in der Einzahl (keine anderen
Göttinnen neben Dir) so kann ich vor Dir
harfen, singen, tanzen, Unfug treiben,
verzweifelt sein, jauchzen, wie's die Dämonen
jeglichen Tages eben spenden und Du mußt
das abwechslungsreiche Konzert anhören, eben
wie ein Götterbild. Meine Wohnung ohne
Dich ist zwar nur die eine und die grünere
Hälfte des Apfels, den Eva dem Adam zu
essen gab, aber auch für den Wurm darin,

nämlich für mich, ist und bleibt sie auch also inkomplett der schönste Ort (außer der Deinen, noch viel schöneren natürlich, oder der, die Dich jeweils umfängt.) Schweigst Du auch mit dem Munde viel, oft allzuviel, so sprechen die Gaben Deiner Hand und Deines Herzens und somit Deine Begabungen, sowohl was Dinge selber, als der Geschmack, womit es gewählt und gestellt worden, in einem dauernden, harmonischen Fluße, und mir kommt vor, daß es genau so auch mit dem wahren Kunstwerk sich verhält. (Ob menschliche Behausung oder Bildnis eines Menschen – darauf kommt's nicht an) Die Kraft, die Deine Nähe ausströmt, wirkt, wohl schwächer als Du selbst, auch aus den Gegenständen, die Du erworben, und wie Du sie eingeordnet hast. Deswegen bin ich jetzt so gerne daheim. Hier ist ein guter Ort! Hier schwebst Du gütig, liebend, schützend, einflüsternd umher! Ich seh's: es ist mir gar nicht möglich, Dir genügend Dank zu sagen dafür, daß Du an Deiner Atmosphäre mich hast teilnehmen lassen! Und von Dir, der so verehrten und geliebten Frau, wandern meine Gedanken immer zu jenem zweiten Wesen, das mir so sehr fehlt. Nun will ich für heute abbrechen. Es ist ein übler Tag. Steingrau der Himmel, lastend, wenig Luft in der Luft, wehe Gefühle, und in der schwülen Stille diese große Angst vor dem plötzlichen Paukenschlag. Ich umarme Dich innigst mein liebstes Schnurrli.

Dein

Albert

1. Sept. 41

Liebste Milena,

seit Tagen eine Nachricht, Deine Abreise bzw. Ankunft erwartend zögerte ich mit einem Briefe, der dann nach- oder nicht nachgeschickt wird, und wartete bis heute vergeblich teils auf eine solche, teils auf Dich persönlich. Nun sind mir Leere und Ungewißheit schon ein bißchen zu groß geworden, und um ein kleines Lebenszeichen sowohl zu geben als zu provozieren, nehme ich an, daß Du noch in A. bist. Vielleicht hast Du auch – was ich fürchte – mit der Rückreise Schwierigkeiten. Denn was man von den jetzt Reisenden hört, zeigt noch ärgere Zustände, als ich sie seinerzeit vorfand. Sollten also diese Zeilen Dich noch in A. treffen – während hier schon Blumen Deiner warten! – so schreibe ein Wort. Mir ist inzwischen der Humor ausgegangen: er hat den langen August nicht durchgestanden, Sehnsucht trocknet aus. Ich bin eine Distel geworden, oder ein Esel, der an ihr knabbert. Nicht nötig zu sagen: daß ich mich riesig auf Dich freue! Auf baldiges Wiedersehen!!
herzlichst

Dein

Albert

[28. 10. 42]

Wer liebt, errichtet ein geheimes System des
Wahrnehmens und Gedankenfassens, das
folgerichtig oder starrköpfig weitergebildet,
eine eigentümliche, schwer begreifliche
Geistesverfassung hervorbringt. Mit dieser
setzt er sich von allen andern Menschen ab,
und wird einsam gerade dadurch, daß er
zweisam sein will. Nur auf einen stark
erinnernden Menschen läßt sich in
der Liebe baun. Ihm steht der Wert der
Vergangenheit höher als der der Zukunft,
weswegen jede Windbeutelei, unter welch'
schönem Titel immer, unterbleibt. „So ist
er gewesen!" wird die einst Geliebte sagen,
wenn ähnlich Andere sie an ihn, den einst
Geliebten gemahnen, und sie wird durch das
Medium stärker gerührt werden, als sie
durch ihn selbst gerührt worden ist. Die
Sehnsucht schafft, die Sorge erhält, die
Beruhigung zerstört das Bild der Geliebten.
Engel, die Mariens Bild durch die Lüfte
nach dem künftigen Gnadenorte tragen,
zeigen so recht die beflügelte Malerei des
Liebenden. Ich forme unaufhörlich Worte für die
Geliebte, ich befinde mich in dauerndem
Ansprechen des verehrten Bildes: so lerne ich
beten. Die durch die ungenügende
Anwesenheit der Geliebten verschärfte
Abwesenheit der Geliebten verursacht
den Monolog. Dieser beruht also auf einer

Insuffizienz der Selbstoffenbarung der
Geliebten. Allerdings hat der liebende Mensch
mehr zu fragen als der Geliebte je beantworten
kann. Er stürmt Rätselburgen, und der
einseitige Schlachtenlärm in seiner Mundhöhle
übertäubt das sonst unerträgliche Schweigen.
Ich sende Dir (als Abend- bzw. Morgengrüße)
von den Fischamender Sätzen etliche,
die unmittelbar mit Dir und mit uns zu
tun haben, als die einzigen Gaben, die von
mir her einigen Wert besitzen, und halbwegs
würdig sind, von Dir empfangen zu werden.
Sie zeigen Dir auch das unzerrissene Band!
Du nanntest unlängst unsere Zuneigung und
mein Schreiben eine unauflösliche Einheit.
Hier hast Du einige winzige Kinder derselben,
von Dir gezeugt, von mir geboren, und unter
welchen Umständen!

Ich umarme Dich

A.

Dienstag abends 9 Uhr

1. August 43

Liebste Milena,

es ist derselbe alte Sonntag – der eigentlich ein freier Tag ist – mit allen seinen Hindernißen, den vorgenommenen Aufgaben, wie Messehören, ein Stündchen mit Doderer sprechen, am Roman arbeiten, diesen Brief schreiben: ein Geflecht von Aufgaben, durch das man sich selber nur ungenau wie pockennarbig durch den Sitz eines Rohrsessels sieht, und sollte doch eigentlich nur sich selbst ganz deutlich sehen (aber ohne deswegen melancholisch zu werden): das hieße den Sonntag als solchen erleben und feiern. Dazu müßte man sehr fromm oder sehr alt sein, scharfgeschnitten und unbeweglich wie eine Gemme oder Cammè sich gegenüber zu sitzen, die Hände im Unsichtbaren gefaltet haben und sich anzubeten (ohne fleischliche und geistige Eitelkeit) wie Gott. Ich suche hier – in obigem Satze – eine Stille auszudrücken, die ich weder in mir noch im andern hervorrufen kann (das Wort „Hervorrufen" ist viel zu stark, ich bin eben nicht in dieser Stille, das laute Wort beweist das); denn die andere Person – der Gott oder die Göttin, die oder den ich noch neben mir habe, steht immer als breite Bresche in meiner Flanke, durch welche Bresche die Welt dringt und aus welcher ich in die Welt dränge. Ja, die Wunde fließt sie ist nicht zu stillen. Ja, wahrhaftig, man könnte sie nur mit Stille stillen! Nun ist *es mit dem Künstler so, daß er sein Modell immer außerhalb seiner hat (zum fundamentalen Unterschied vom religiösen Menschen, der es in sich hat, nämlich die Gottheit nach der er sich formt.) Dann aber ist es weiter so, daß er, der Künstler, nicht resignieren kann, solange er Künstler ist, und nicht resignieren darf, wenn er Künstler bleiben will. Hier würde die Darlegung, wenn ich sie weiter verfolgte, in eine Abhandlung ausarten, weswegen ich mich gleich an mein geliebtes Modell, die dalmatinische Milena mit dem antiken Wasserkrug auf dem Kopfe, wende, und frage: nun verstehst Du mich wohl? Weswegen das Werben um Dich zugleich und unabtrennbar davon das Werben um mein Ingenium ist, oder dieses das Werben um Dich? Und weswegen Mißerfolg beim Modell Verlust des Ingeniums, und Verlust des Ingeniums Verlust des Modells bedeutet?*

Ich spiele zwei Spiele, die das ein und selbe sind, und setze alles auf eine Karte, die zweimal vorkommt. Jetzt erhebt sich die dialektische Verwicklung ins Quadrat und ich breche ab.

Aber nun weißt Du, was ich denke und daß ich in guter Form bin d.h. gearbeitet habe.

Zu meiner Zufriedenheit (soweit ich einer Zufriedenheit mit mir überhaupt fähig bin)

Meine nächste Nachricht soll sich mehr auf der Erde bewegen.

In Gedanken immer bei Dir

Dein Hof- Lieb- und Leibmaler

Albert

Menschen leben können, und zwar wie mit den geschminkten Figuren einer Komödie, über welche ich, zu jeder Minute des Mißfallens, den abschneidenden Vorhang fallen zu lassen vermag; ich werde sie lachend ertragen, weil wissend um das vollkommenere Drama in meiner Brust, ja mit dem idiotischen Lächeln des unerschütterlich Wissenden –: wenn ich Dein Wort habe, das wichtigste mir in dieser Zeitlichkeit, daß Du bei dem ersten untrüglichen Zeichen einer glückhaften Wende meiner Lebensumstände, zu mir eilst, Dich mit mir verbündest, auf Leben und Tod, gegen unsere ganze Vergangenheit, zu einem, wohl recht späten, aber umso wunderbareren neuen Leben, das jetzt unvorstellbar ist, aber auch unvorstellbar sein soll, denn ein durch Vorstellungen von ihm bereits entjungfertes Leben ist kein neues Leben. Ob es sich verwirklicht oder nicht verwirklicht, ob Gott uns die Wirklichkeit gnadet oder nicht, das kann nur duldend erwartet werden. Aber: das credo, das „Ich glaube!" und das volo, das „Ich will!" steht ganz in unserer Macht, unter keinem Einfluß von Oben oder Unten, göttlichen oder dämonischen; es hat den ungeheuren Raum des Himmel und Erde aufhorchen machenden freien Willensentschlußes für sich, der die Verlobung so festlich macht, festlicher als die Hochzeit, die ja wieder fesselt, es ist das letzte Recht, über das hinaus wir keines mehr haben, nur noch Pflichten, und es ist als Wonne vielleicht größer als das endliche Erreichen dessen, was wir geglaubt, gewollt haben, so tief, so dankbar wir es genießen werden, denn nur der Kampf ist schön und verleiht Jugend, trotz aller Jahre, der Sieg aber ist das Alter in jedem Alter; weil wir aber altern müssen, müssen wir auch siegen. Wie bitter wäre das Alter ohne den Lorbeer! Mit diesem Wort, das aus Deinem rötesten Herzblut aufsteigt, übergossen, in dieses Wort und Blut getaucht, bin ich hürnen, unverwundbar, so dicht die Pfeile jetzt auch fliegen, und so schwere Angriffe der apokalyptischen Reiterei noch zu erwarten sind. Ich weiß, daß Du mich liebst, das brauchst Du mir nie mehr zu sagen; Deine Liebe umgibt mich ja wie die Luft. Wäre ich sonst so gefangen in der Idee unserer Vereinigung, so in sie vernarrt mit dem Einhorn des Märchentieres, so angenagelt mit allen meinen Flügeln an das Kreuz der Idee, daß diese Idee nach Verwirklichung schreit, Tag und Nacht, wie ein Unschuldiger im Kerker nach Gerechtigkeit? Deswegen rüttle ich so verzweifelt an den Gittern, deswegen stürme ich immer wieder das Bollwerk, das mir ein Blendwerk scheint, werfe ich Brände in die Festung, stelle ich unaufhörlich die Forderung nach Übergabe, klirre ich mit allen Waffen, donnere ich meinen Zorn, wälze ich das Gewölk meines Unmuts um die Türme, und steche ich mit Blitzen in das noch immer nicht gare Gericht.

A.

12. Sept. 44

Liebste Milena

der gewiß vernünftige Drang, Dir rasch
ein Lebenszeichen zu geben, zwingt mich, die
vollgestopfte Lade meines Gemütes noch
geschlossen zu halten. Nach dem
denkwürdigen Sonntag brauchte ich bis heute,
die Erschütterung, vor allem die physische,
wieder zu beruhigen, den Ziegelstaub aus
Kleidern und Seele zu klopfen und mit
dem Eindruck der schuttüberladenen
Josefstädterstraße vertraut zu werden. Vom
kleinen Zimmer sehe ich in ausgeweidete
Wohnbauchhöhlen, von der Dachterrasse in
den Ruinenstrauß- oder Kopfputz der
Gaswerke an der Ecke. Ein wenig taumelig ist
mir noch vom Seegang im Keller. Ich beklage
bloß eine der ohnehin schon lockeren
Fensterscheiben und gefallenen Mörtel. Das
Glück wollte es, daß Wolfgang in eben dem
Augenblicke bei mir eintrat, als die Sirene
unter dem Tritt auf ein Hühnerauge ihres
Fischleibs aufheulte. Auf dem Weg
treppabwärts hob uns schon leicht eine
Luftböe. Kaum waren wir im Keller als
draußen im Freilichttheater die Vorstellung
begann. Wolfi war ganz ruhig aber der
fürchterliche Ernst des Krieges, der zum
erstenmal ihm erschien, machte ihm doch
tiefen Eindruck. Nun ist alles wieder ruhig.
Eurem Haus ist Gottseidank nichts geschehen.
Morgen schreibe ich wieder und mehr.

Hoffentlich kann ich Dir jeden Tag ein kleines
Briefchen senden. Ich habe wie begreiflich
ganz große Sehnsucht nach Dir. Und umarme
Dich. Vielen Dank für Deine Zeilen.
Hoffentlich bald wieder welche.

Dein

A.

19. Sept. W.
44

Meine liebste Milena

Deine „lächerlichen“ Briefchen sind für mich der größte Trost in meinem gewiß nicht leichten Leben und sind es immer gewesen, auch wenn dieses Leben leichter geschienen hat. Der immer gleich bleibende Schwerpunkt verschiebt sich nur einmal von den physischen Beschwerden auf die seelischen oder umgekehrt. Der schwere Umstand, ohne schon einmal gelebt zu haben, leben zu müssen, bleibt immer derselbe. Wenn meine Briefe Dir weniger lächerlich vorkommen, so liegt dies an einem Grunde, der mit der Tiefe der Empfindungen, die entweder vorhanden ist oder nicht, gar nichts zu tun hat. Ich lese die Deinen wie ein Musiker die stumme Partitur. Mir erklingen sie, und das, was Du in ihnen nicht vorhanden meinst, höre ich. Es kommt doch nur darauf an daß ein Geschriebenes Visionen aufregt, daß der, der schreibt, mit einem Zauberstab schreibt. Was mich anlangt, so möchte ich es so sagen, daß Du trotz meiner immer etwas künstlichen oder immer gleich darstellerischen Mitteilungsart, doch das vernimmst, worauf es eigentlich ankommt! Du bist sozusagen ein bißchen versessen auf die kunstvollen Hinderniße, die ich dem einfachen Gefühl vorlagere, nun, und ich halte Dich um keinen Grad weniger reich an einer inneren Welt, weil Du sie nicht verbarrikadierst oder in Arabesken erstickst. Schreibe mir nur weiter solche lächerlichen Briefchen, die ich tagsüber in der Rocktasche neben dem Herzen trage und abends auf das Tischchen vor meinem Bett stelle, daß der Blick gleich morgens auf Deine lieben und geliebten Schriftzüge fällt. Du sollst nun jeden Tag wenigstens einige Zeilen haben. Und so wird sich aus den Mosaiksteinchen vieler Mitteilungen schließlich vielleicht ein Bild zusammensetzen. Heute abend wieder eine Nachricht.

Ich umarme Dich mit vielen Bussis

Dein

Albert

7. Mai 46
1/2 3^h

Meine geliebte Schwester,

jetzt, wenige Stunden nach unserem, so ergreifenden, Gespräche im Volksgarten, der, wie ein naher Verwandter von uns, Herr von Villers, sagt, kein Garten ist, und in dem sich kein Volk bewegt, ist der Schmerz um den Verlust des schönsten Mundes, der auf eine hinreißende Weise grausame Worte reden kann, was ein solches Glück in das Unglück bringt, als würde man von Aphroditen selber verurteilt, so übermächtig geworden, daß ich, um irgendeinem Unsinn der Verzweiflung zu entgehn, mit dem Zauberstab der Feder einige beschwörende Lufthiebe wider die Dämonen führen muß.

Es ist ja die Zeit zwischen Zwei und Fünf des Tages schon immer meine Sterbezeit gewesen, mit Ausnahme der nämlichen im Süden, die jenen Spielen dient, die den aus ihnen entspringenden Kindern diesselben Spiele später so teuer machen. Corcula erscheint mir mit dem der Welt sich erklärenden Mädchen auf dem Balkon. Ich betrete unsere Badeloge, nahe einem Geröllfelde, wo die Schafe etwas rupfen, das sie für Gras halten, während ein paar Meter weiter draußen das um viele Inseln herumrennen müssende dalmatische Meer dahinschnellt wie ein Fluß, der im Meer für das Land trainiert.

Kurz und gut: Dein Bruder leidet; seine Eingeweide sind mit einem Schlüssel *zusammengezogen, den es in nur einem Exemplare gibt, das verloren gegangen, vielleicht auch nur verlegt worden ist; wer weiß? Bis zum Boden sich krümmend leidet er und schreit nach der Ärztin, die ihm aus ihrem dauernd Gegenwärtigsein nicht zu erscheinen braucht, und die zwar kein Medikament für ihn hat, aber ihn voll Verständnis anstarrt.*

Überaus schöne, tiefsinnige Schwester! Meinst Du vielleicht, wenn Du so ergriffen schweigst, wie vorhin auf dem harten, grünen Gartenstühlchen, daß wir den allein uns gemäßen, vor vielen Jahren freventlich überschrittenen Zustand jetzt wieder erreicht haben? Daß wir zur platonischen Liebe zurückgekehrt sind, die wir nie hätten verlassen sollen? Wenn ja, welch' eine Situation! Begreiflich, daß man vor die Stirn geschlagen taumelt! Begreiflich, daß man schwankend geht wie auf überraschend festem Boden nach dem Verlassen des Schiffs! Begreiflich, daß man mit der Vorstellung von einem Bierfaß zwischen den Beinen wie ein abgesessener Reiter stelzt! O, Milena! Teurer Name! Noch teurere Trägerin dieses Namens!! Unverwandte, Vorgeburtliche!!

Dein Bruder

9. Mai 46
10^{h} abends

Meine überaus verehrte, teure Schwester,

Du kennst die Frau, die ich liebe gut, sehr
gut. Du siehst sie täglich, Du siehst ihr sogar
ähnlich, Du bist beinahe sie selbst.
Du wirst, obwohl Du weißt, wie schwer sie
mich verwundet hat, die Größe aufbringen, sie
zu verstehn. Du wirst, wenn sie gelegentlich
sich Vorwürfe machen will, ihr diese nicht
gestatten. Du wirst ihr sagen, daß ein echtes
Schicksal, das man sich und dem bereitet, der
bisher der liebste Nächste gewesen, ohne
Nachdenken, ohne Zögern, ohne Zweifel, wie
ein militärischer, wenn auch ungeheuerlicher,
Befehl zu vollziehen ist. Du wirst ihr sagen, sie
müsse sich unbedingt zu dem Alles
rechtfertigenden Bewußtsein erheben, einen
Ratschluß Gottes ausgeführt zu haben, denn
nur diesem sich zu fügen, sei Deines Bruders
würdig, der schon immer aus ihr – wie sie
wohl wisse – die Stimme der Gottheit zu
hören vermeint hätte. Und den Glauben an
dieses sein heiliges Orakel will er auch jetzt in
den unglücklichen Tagen nicht verlieren. So,
geliebte Schwester, wirst Du zu der Frau
sprechen, die Du selbst bist. Denn Du bist eine
bedeutende Person, der man nicht widerstehen
kann. Diese Deine bedeutende Person ist
wahrscheinlich der Urgrund meiner Liebe zu
Dir. Ich habe – und ich rühme mich dessen als
meines gelungensten Werks! – in Dir einen
Menschen entdeckt, der unter Männern selten,

unter Frauen einzig ist. Das auch jetzt noch zu sagen, ja, jetzt erst es zu sagen mit noch tieferer Überzeugung, als ich schon vordem sie gefühlt habe – statt zu verfluchen, zu verurteilen, zu hassen – das ist der Beweis für meine Behauptung. Hast Du früher mir nicht recht geglaubt, so wirst Du jetzt, wo ich in schmerzlicher Objektivität vor Dir stehe, sicher glauben. Daß ich diese größte Gabe, den Glauben an Dich selbst, und zwar an ein außerordentliches Selbst, Dir nicht in der Liebe oder durch die Liebe habe geben können, sondern aus dem Abgrund heraufreiche, in den Du mich gestoßen hast, das ist der andere Beweis: dafür nämlich, daß Du mich verlassen hast müssen. Bist Du nun ganz beruhigt? Vollendet, was ich Dir sage, Deinen Seelenfrieden? Scheut es den letzten Schatten von Deinem Glück?

Es umarmt Dich Dein

Bruder

*Nicht immer weiter wirst Du, ist zu hoffen,
Briefe erhalten, in denen ich, wenn auch in
einem edlen Glase, Dir mein Blut kredenze.
Solch letzte Abendmahlszenen, bei scheidender
Sonne des Lebens, malt man nicht alle Tage;
es würde der Maler vor einer Staffelei, die
einem Galgen gleicht, bald zusammenbrechen.
Nein, Dein Bruder, der über einen tiefen
einen amusanten Kopf trägt, wird bald
in diese luftige Mansarde hinaufziehen, und
den stigmatisierten Leib in den saloppen
Schlafrock der Ironie hüllen. Nein, Dein
künftiger Führer durch Rom, (vielleicht auch
durch Paris) soll nicht als ein grauer Vorwurf
neben Dir schleichen, und die Katzen des
Katzenforums Katzenbuckeln machen, weil sie
das Gespenst eines verabschiedeten Liebhabers
zu sehen meinen. Habe nur noch etwas
Geduld mit mir, solange, bis ich, schwer zu
befriedigender Kenner von Physiognomien, die
rechte Maske gefunden habe, hinter der ich,
ohne zu oft von Dir durchschaut zu werden,
Dich durch den Rest meines Lebens begleiten
will.*

Mit Gott!

13. Juni 46

Heute bezog ich meinen Arbeitsraum in der Akademie. Ich beginne mit der Vollendung eines alten Bilderbuchs. Der Kriegsausbruch hat es stille stehen lassen. Es reicht in eine abgelebte Zeit hinein; auch die Brücke, darauf es bis vor kurzem noch gestanden, ist zusammengebrochen. Nun male ich am anderen Ufer das andere Ufer fertig. Neue Bilder wälzen sich heran. Heute ~~waren~~ sind amerikanische Photographen dagewesen. Die Aufnahmen sollen in „Life" erscheinen. Seltsam für mich, der ich nach Amerika will und muss, das gründliche Auftreten amerikanischer Personen!

15. Juni

Gestern ist Laetitia dagewesen. Vor zehn Monaten, in demselben Raum, habe unter Bezeugungen der erklärten Freude gefunden. Unter dem Fenster saß sie, Tränen der Seele zum andern entrollten ihren geliebten Augen. Welch ein Weg der Entsagung, der Einfügung in das Schicksal, aber auch der großartigen Verwandlung, die Liebenden immer bekannt ist bis heute! Viele Jahre in fünfzig Tagen! Wenn nicht der immer bestehende leise Schmerz wäre über den Verlust, wie glücklich könnte ich sein! Und doch: welch heiße Dankbarkeit erfüllt mich gegen dieses außerordentliche Wesen! Wie ist meine Liebe zu ihr noch größer geworden!! Wie sehr muss ich Gott danken, daß er mir mit der Geliebten nicht auch die Liebe zu ihr genommen hat!!!

24. August

Die Liebe wächst, der Tod wächst, Hingabe wie Ursprung in einem und nichts trübt die Sonne, starke Arme, die jede Gedankenmacht noch haben, zum Himmel, ihr zu Munde wie über geschwellten süßen Trauben – jetzt zum Neuen liegend mit vollkommener Stimme, würdig und fähig zum Singen eines Liebesliedes: so ist's jetzt fünf Monate nach dem schrecklichen Ereignis. Würde ich Amerika bei Kälte erreichen

Mit Gott!

13. Juni 46

Heute bezog ich meinen Arbeitsraum in der
Akademie. Ich beginne mit der Vollendung
eines alten Stillebens. Der Kriegsausbruch hat
es stille stehen lassen. Es reicht in eine
abgelebte Zeit hinein; auch die Brücke,
darauf es bis vor kurzem noch gestanden, ist
zusammengebrochen. Nun male ich am
anderen Ufer das Ufer fertig. Neue Bilder
wälzen sich heran. Heute sind amerikanische
Photographen dagewesen. Die Aufnahmen
sollen in „Life“ erscheinen. Seltsam für mich,
der ich nach Amerika will und muß, das
pünktliche Auftreten amerikanischer Personen!

15. Juni

Gestern ist Laetitia dagewesen. Vor zwei Monaten, in demselben Raum, haben unsere Beziehungen das erklärte Ende gefunden. Unter dem Fenster saß sie, Tränen der Liebe zum Andern entrollten ihren geliebten Augen. Welch ein Weg der Entsagung, des Sichfügens in das Schicksal, aber auch der großartigen Umdeutung, des Erlebens neuer Erkenntnisse bis heute! Viele Jahre in sechzig Tagen! Wenn nicht der immer bohrende leise Schmerz wäre über den Verlust, wie glücklich könnte ich sein! Und doch: welch heiße Dankbarkeit erfüllt mich gegen dieses außerordentliche Wesen! Wie ist meine Liebe zu ihr noch größer geworden!! Wie sehr muß ich Gott danken, daß er mir mit der Geliebten nicht auch die Liebe zu ihr genommen hat!!!

24. August

Die Liebe wächst, der Tod wächst, Hingabe
wie zu Sprung in Meer und Nichts breitet die
Arme, starke Arme, die jede Gedankenlast
noch heben, zum Himmel, ihr zu Munde wie
eben geschnittene süße Trauben – ja zum
Nein sagend mit volltönender Stimme, würdig
u. fähig zum Singen eines Liebesliedes: so ist's
jetzt fünf Monate nach dem schrecklichen
Ereignis. Werde ich Amerikas Küste
erreichen?

Ich such' dich nicht mehr unter den Gestalten,
ich suche dich im Nebel, nachts, im kalten,
in Vierteln, wo du nicht bist, wo die Armen
am Schein schon einer Lampe sich erwarmen.

Dort, an der Grenze ird'schen Geisterreiches,
entdecke ich dein wahres, schreckensbleiches
Gesicht, wie du's in meiner Brust verhülltest,
wenn du, wie ich, den Tod der Liebe fühltest.

meiner lieben Milena
gewidmet

Nov. 48

25. XII. 57

Meine liebe Milena,

als die Weihnachtskinder die Kiste anschleppten, oder das Mausoleum, oder die Bundeslade (die Lade unseres Bundes), oder die Arche Noe für meine Schriften, daß sie die von mir verursachte Sintflut überdauerten, wirst Du wohl gespürt haben, daß ich mit der Tür ins Blindenheim und Dir zu Füßen gefallen bin, um für ein Geschenk zu danken, das zugleich eine Mahnung gewesen war mit dem Zaunpfahl, aus dem, zweifellos, es gemacht worden ist. Du sollst nicht vergeblich auf so generöse und so großartig tiefsinnige Weise mich zur Ordnung gerufen haben! Deine ungewöhnliche Art, aus einer Doppelflinte aufs Herz zu schießen – geht der eine Schuß fehl, trifft der andere – hat ihr Meisterstück geliefert. Ich sehe Dich in Hoffmanns Laden Deinen Einfall sozusagen beim Blitze packen und noch glühend auf mich herabschleudern. Wo in der Welt gibt's noch ein so volles Wesen, das so wenig aus sich macht und Alles aus dem Andern macht, machen kann, oder hätte machen können?! Redend bin ich leicht mißzuverstehn. Schreibend kann ich nur unverstanden bleiben oder nur ganz verstanden werden. Deswegen habe ich Dir geschrieben.

Wie immer Dein

Gütersloh

4. August 59

Meine liebe Milena,

ich freue mich sehr, daß Du Dich endlich ausruhen kannst, wenn auch diese Freude mit dem Schmerze, daß Du nicht hier bist, so ziemlich das Gleichgewicht hält.

Um das Dich Interessierende vorweg zu nehmen: der Arzt hat vergangenen Freitag mich angerufen (wohl, weil er Dich nicht mehr erreicht hat), und mir mitgeteilt, daß die Prüfung des Blutes kein negatives Ergebnis gezeigt hat. Er wird also nicht mehr kommen, und keine neue Diät mir vorschreiben. Die Entzündung am Bein ist noch immer leicht rot, trotz Badens, aber kühl, und wird wohl langsam verschwinden.

Sonst fühle ich mich gut, gehe einmal des Tages aus, nur bin ich noch immer sehr müde, was besonders das Schreiben behindert. Ich habe zwar „Gedanken“, aber der Ausdruck derselben macht mir eine vorher nicht gekannte Mühe. Es ist allerdings möglich – ich bin nur immer sehr mißtrauisch gegen mich, – daß ich (um das Nichtstun einzuholen) mit größerer Intensität arbeite, die dann in die Tiefe ginge, und die Breite vernachlässigte.

Nun, man wird ja in einigen Tagen sehen, ob auch die „Tiefe“ nicht tief genug ist.

Beim Wandern durch die Stadt bemerke ich, daß sie und ich sich verändert haben. Wir werden nie mehr zusammenkommen. Die photographierenden Fremden machen die

Stadt zu einer Sehenswürdigkeit, die sie für mich nicht ist. Und dieser Schein, der sich vor das Sein stellt, läßt uns blinzeln, als ob wir etwas Unwahrscheinliches erblickten. Nun erwarte ich ein Lebenszeichen von Dir. In der kommenden Woche werde ich Dir wieder schreiben. Genieße recht Deinen spärlichen Urlaub!! Ich wollte, ich wäre auch auf dem Lande! Und sei aufs Allerherzlichste gegrüßt

von Deinem

alten Albert.

P.S. Und noch ebenso herzlich bedankt, für all die Liebe und Sorge, die Du mir entgegengebracht und um mich gehabt hast.

10. Mai 60

Meine liebe Milena,

ich besitze nun die Karte, die mir große Freude verschafft hat.

Nun wird, dank dem wolkenlosen Himmel, wohl Dein Badeleben begonnen haben. Denn auf dem Balkone sitzen und die schöne Aussicht bewundern – weil das so nahe Meer noch kalt ist –, diese, bloß angenommene, Enttäuschung wird Dir hoffentlich erspart bleiben. Dem Maler allerdings genügt der Anblick. Es wäre gegen sein Wesen im Stilleben der Natur zu plätschern und sich zu sonnen in einem Lichte, das er ja nur darstellen soll. Sein Gegenteil bildet die Frau (die geliebte); sie muß, als selbst Natur, tief in ihr untertauchen, sei's in den Bäumen, sei's im Wasser. Ihre Bedürfnisse, die nicht von moralischen Gesetzlichkeiten, wie beim künstlerischen Manne, eng umgeben sind, werden vollkommen nur befriedigt vom innigen Umgreifen der oberen und der unteren Elemente. Du siehst, daß ich aus Deiner kurzen Mitteilung Konsequenzen gezogen habe, die anscheinend nichts mit ihr zu tun haben. Aber solches ist eben die ungewollte Aufgabe der Muse!

Ich umarme diese selbst, und erwarte sehr bald ihren Bericht, aus dem ich noch mehr zu erschließen vermöchte.

In alter Liebe

Albert

22. *July* 61

Liebe Milena,

ich danke Dir für Deine kurze Nachricht, die jedoch alles sagt. Die Besorgungen des Kindleins, und überdies das notgedrungene Kochen, lassen sich schwer mit dem Begriffe Urlaub verbinden. Nun habe ich, zum Trost, die Freude, Dich sehr bald wiederzusehen. Denn ohne Muse gehts nicht gut. Man sollte es nicht glauben, aber es ist so, daß ohne einen gewissen Menschen die Gedanken – wenn man welche hat – wie die nach der Flugrichtung unberechenbaren Vögel auseinander flattern. Es ist auch mehr der wohltätige Zwang, diesem Menschen genug zu tun, als die schemenhafte Pflicht, die nur herzlosen Leuten sich verleiblicht. – Weil Freitag Strobl Luckmanns kommen – wie ja verabredet wurde – und Du von der Reise wohl sehr müde sein wirst, wäre das Beste, Dich erst Samstag zum Thee begrüßen zu können. Doch: wie Du willst und kannst. Ich erwarte dich ja schon seit vierzehn Tagen, und so kann denn die leidige Trennung auch am Freitag ein Ende nehmen.

Mit den herzlichsten Grüßen bin ich Dein

alter Albert

14. März 62

Liebe Milena,

ich hoffe, daß die wenigen Badener Tage Deine körperlichen Leiden kurieren, und Dein seelisches einigermaßen wieder heilen werden. Ehedem hat man in ein Kloster sich zurückgezogen, um in der dortigen Einsamkeit über Recht und Unrecht gewisser Vorfälle nachzudenken. Du aber hast das allermodernste Mittel gewählt: unter gleichgültiger Gesellschaft ebenfalls allein zu sein. Was im zwölften Jahrhundert möglich gewesen ist – die Musterbeispiele sind Abelard und Heloise, die, obwohl Mann und Frau, doch Mönch und Nonne geworden waren – das gelingt nicht mehr dem civilisierten Menschen des zwanzigsten. Wir leben ja bereits außerhalb der „historischen Realität" – wie Jaspers das Christentum nennt –, und haben nur durch unsere Ahnen eine Beziehung noch zu ihr. Ob diese bis zum Hervorbringen des Glaubens erstarkt, hängt von der Gnade ab, welche ohne unser Verdienst verliehen wird. Ich selber schwimme zwischen Szilla und Charybdis hin und her, erreiche weder das eine noch das andere Ufer, und ertrinke wahrscheinlich im Meer des Garnichts. Obiges kurzes Schreiben ist ein theologisierendes geworden: es floß mir ungewollt in die Feder. Vielleicht macht es Dir trotzdem Freude.

Zur Wirklichkeit zurückkehrend: ich freue mich schon sehr auf Sonntag!

In aller Liebe

Albert

10. August 62
9h abends

Meine liebe Milena,

ich danke Dir für Deine liebe Karte. Auch ich freue mich schon sehr auf unser Zusammensein! Allerdings werde ich noch weniger als früher Dich mit meinen (gelegentlichen) Bemerkungen erlustieren oder nachdenklich machen, denn die Arbeit an den Korrekturen, der ich jetzt Tag für Tag und stundenlang fröhne, nimmt sowohl meinen Kopf wie meine Nerven fast vollständig in Anspruch. Aber Du weißt ja in welchem Zustande ein Schriftsteller, der durch einen verhinderten Maler kompliziert wird, sich befindet. Ich erbitte daher im Vorneherein Deine Nachsicht! Herbert hilft mir zwar auch mitlesen, aber die entscheidenden Striche und Verbesserungen muß ich selber machen, und ihrer sind – sozusagen – unzählige. Übrigens habe ich noch einige Nachträge zu verfassen. Der Tag verkümmert immer mehr, eine Stunde geht auf eine Minute ein, und ich begreife nicht, wie die Leute Zeit für ihre Vergnügungen haben. Ein beträchtlicher Teil ihres Gehirns muß leer sein, und daher zum Flirten und Tanzen sich eignen. Dies ist der Raumteil, den sie in die Welt hinausprojizieren und der gar keine wirkliche Existenz hat. Mir gehts – mit Respekt zu sagen – wie dem Mönche, dem seine aufs Ewige gerichteten

Gedanken durch essen, trinken und schlafenmüssen unliebsamer Weise unterbrochen werden. Ohne mehr für jetzt; denn Du bist wahrscheinlich nächsten Freitag schon zurück und hier, bei Deinem alten

Albert,

der Dich herzlichst umarmt.

Gütersloh 71
Blick auf den Park

30. Sept. 65

Liebe Milena,

ich danke Dir herzlichst für Deine liebe Karte, durch die Du mir die Tatsache mitteilst, daß ein Nußbaum in das Fenster schaut. Glücklich bist Du, daß schöne Kindheitserinnerungen an seinen Wurzeln und Zweigen hangen.

Ich konnte nicht früher schreiben, weil das Malen an dem Dir schon gezeigten Aquarell mich dauernd gehindert hat. Ich wollte ja fertig werden, um es Dir Sonntag zu zeigen.

Nun ist es soweit. Hoffentlich bekommst Du noch diese Zeilen. Ich erwarte Dich mit inniger Sehnsucht!

Alles erdenkliche Liebe!

Dein

alter Albert

Liebe

Von ihr hin und hergezogen
fürchtend, daß sie bald verschwände,
flehend, daß sie niemals ende,
torkelnd in des Kreises Bogen,
Opfer solchen Widerspruchs,
treibt mich Moira zum Altare,
wo des Leibes Brand den Geist bewahre
vor dem im Tode wurzelnden Fluchs.

25. Dez. 65
für Frau Milena entstanden
und ihr auch gewidmet

Ihre Talente hat, Mutter, die sie ist,
und nicht Mann, der seine Begabungen
eifersüchtig bewahrt, den Kindern vererbt:
Das Malen- und das Schreibenkönnen.
Obwohl das Vermögen, diese rücksichtslos
auszubeuten, noch immer vorhanden ist.
Sie würde aber dann in den ehe- und
kinderlosen Stand zurückkehren, was der
göttlichen Bestimmung widerspräche. Und doch
muß ich, als ihr getreuer Freund, auf jenes
Vermögen hinweisen, weil ja ohne Versuchung,
es zu mißbrauchen, die Tugend keine Tugend
ist. Ich habe oft versucht, sie damit zu betören,
daß ich über den Unterschied der Geschlechter
vorbildlich hinwegblickte und jenseits
derselben die allgemeine menschliche Leistung
als ihr eigentliches Ziel erkennen wollte.
Wahrscheinlich jedoch hat sie noch nicht das Alter
erreicht – gemessen an den gelebten Jahren
ist sie jung geblieben –, welches die göttliche
Bestimmung wieder aufhebt und das
Einschwenken ins allgemein menschliche
Leisten gestattet.

Zu Milenas 67ten Geburtstag

11. Sept. 68

Liebe Milena

ich danke Dir für Deine Karte,
die Deine Ankunft gemeldet hat
und die Aussicht vom Fenster;
hoffentlich hast Du sie gezeichnet.
Von mir ist nichts Neues zu berichten, es sei
denn, daß ich Dich sehnsüchtigst erwarte. Das
hiesige Wetter bleibt weiterhin kalt, und lähmt
mich nicht wenig in meinen Arbeiten, die
überdies durch Deine Abwesenheit etwas an
Talentiertheit eingebüßt haben: dieses wird
durch Deine Wiederanwesenheit auf das
gewohnte Niveau gehoben werden. Ich
wünsche Dir von Herzen, daß die letzten
Tage mit Meer und Sonne Dich erfreuen.
Sonntag sehe ich Dich endlich wieder! Mit
gleichfalls vielen Bussis, vorschußweise,

Dein

alter Albert

16. I. 70

Liebe Milena

Deine, am 14.ten aufgegebene Karte ist erst heute gekommen und trägt die mich sehr betrübende Nachricht, daß es Dir nur ein wenig besser geht. Hast Du meinen Brief erhalten, der uns eine erfreuliche Mitteilung des Salzburger Verlages mitteilt? Sollte es Dir, des wirklichen Genesens wegen, in Betracht zu ziehen, noch einige Tage in Baden zu verbringen, dann bitte ich Dich, mir zu schreiben, wann ich Dich sehen darf. Ich sehne mich schon sehr nach Dir!!

Mit der selben Liebe

Albert

BIOGRAPHISCHE DATEN

1887 geb. am 5. Februar in Wien, Albert Conrad Kiehtreiber
1898 Gymnasium in
1904 Melk und Bozen
1906 Schauspielprüfung, verschiedene Engagements in Reichenhall, Salzburg, Mährisch Ostrau, Karlsbad, Berlin und im Burgtheater, Wien
1911 *Die tanzende Törin,* ediert bei Baumhauer, Berlin
Egon Schiele. Versuch einer Vorrede, Rosenbaum, Wien
1912 Korrespondent in Paris
Teilnahme an Ausstellungen in Budapest, Museum Folkwang Essen, Wiener Secession
1913 *Die tanzende Törin,* Müller, München, (gek. Ausgabe)
1914 Ehe mit der Tänzerin Emma Berger.
1917 Geburt der Tochter Alexandra,
Tod der Gattin.
Bekanntschaft mit Robert Musil im Kriegspressequartier
1918 Mit Franz Blei Herausgeber
1919 der Zeitschrift *Die Rettung*
1919 Regisseur und Bühnenbildner am Schauspielhaus München
1921 Zweite Ehe mit der Tänzerin Vera Reichert
Die Vision vom Alten und Neuen, Hegner, Hellerau
1922 *Innozenz oder Sinn und Fluch der Unschuld, Die Rede über Franz Blei* und *Der Lügner unter Bürgern,* Hegner, Hellerau
Theodor-Fontane-Preis
1924 *Kain und Abel,* Haybach, Wien
1925 Paris Medaille d'or
1926 Preis der Julius-Reich-Künstlerstiftung
Bekenntnisse eines modernen Malers,
Zahn & Diamant, Wien
1928 Grand prix, Paris
Geburt des Sohnes Wolfgang Hutter
1930 Lehrer an der Kunstgewerbeschule in Wien
„Der Fall Gütersloh" von Heimito von Doderer, Haybach, Wien
1932 Trennung der zweiten Ehe
1934 Staatspreis für Malerei
Diplom V. Triennale Mailand
1937 Grand prix, Paris
1938 Entlassung aus dem Lehramt
1940 Berufsverbot.
Dienstverpflichtet als Hilfsarbeiter und Buchhalter
1945 Berufung an die Akademie der bildenden Künste
1946 *Eine sagenhafte Figur,* Luckmann, Wien
Präsident des „Art-Club"
1947 *Fabeln vom Eros,* Luckmann, Wien
1948 Preis der Stadt Wien für Malerei
1952 Großer österreichischer Staatspreis für bildende Kunst
1953 Erste (!) Personalausstellung, in Wien
1953 Rektor der Akademie
1954 der bildenden Künste.
1956 Personalausstellung in New York
1957 *Musik zu einem Lebenslauf,* Bergland, Wien.
Ehrenring der Stadt Wien
1961 Großer österreichischer Staatspreis für Literatur
1962 *Laßt uns den Menschen machen,* Luckmann, Wien
Sonne und Mond, Piper, München
Albert Paris Gütersloh. Autor und Werk, Piper, München

1963 *Fabeln vom Eros*, Insel, Frankfurt
Zur Situation der modernen Kunst, Forum Verlag, Wien
Gewaltig staunt der Mensch, Stiasny, Graz
Kain und Abel, Piper München
Personalausstellung in Wien

1964 *Der Lügner unter Bürgern*, Piper, München
Personalausstellungen in Berlin und Wien

1966 *Der innere Erdteil*, Piper, München
Personalausstellung in Los Angeles

1967 Preis der Stadt Wien für Dichtkunst
Ehrenzeichen für Wissenschaft und Kunst
Ehrenzeichen der Wiener Secession
Zwischen den Zeiten, Rosenbaum, Wien
Personalausstellungen in Wien und Krems
Erste Gesamtausstellung in der Akademie der bildenden Künste, Wien

1969 *Die Fabel von der Freundschaft*, Piper, München
Der Lügner unter Bürgern, Fischer, Frankfurt
Personalausstellungen in Hamburg und Köln

1970 Lebt in Baden bei Wien
Miniaturen zur Schöpfung, Residenz Verlag, Salzburg
Personalausstellungen in München und Wien, Albertina

1972 *Paradiese der Liebe*, Kremayr & Scheriau, Wien

1973 *Die tanzende Törin* Langen-Müller, München

gestorben am 16. Mai in Baden bei Wien

Seite 35 – Milena, Albertina, Wien
Seite 118 – Atelier in Baden bei Wien, Foto von Herbert Hochhofer
Seite 127 – Frau Milena von Dedovich, Foto von Gabriela Brandenstein

Von mehr als einhundertfünfzig Briefen aus den Jahren 1932 bis 1970 habe ich zweiundvierzig ausgewählt. Die Originalschreibweise wurde beibehalten. Bewußt verzichtete ich auf Erklärungen. *Schreibend kann ich nur unverstanden bleiben oder nur ganz verstanden werden.* (APG in seinem Brief vom 25. 12. 1957.)
Ich danke allen, die an der Verwirklichung dieses Buches beteiligt waren, besonders Herrn Dr. Heribert Hutter, ohne dessen Hilfe dieser Band niemals entstanden wäre.

Reinhard Tötschinger
Juni 1980

Glücklich bin ich,
wenn Du, schon hohen Alters,
den viel Älteren besuchst,
und wir dann die einstige Liebe
immer bestatten werden,
doch mit viel reineren Träumen,
als der Lebenden sie gegolten haben,
geistige Sehnsucht,
aber ohne Gesicht,
das zu bilden uns befohlen worden,
steht auf ihrem Grabe.
Es ist der meisterliche Abschied,
den wir von unserem Dasein nehmen dürfen.

Für Milena
April 1968